La guardiana de libros

La guardiana de libros

Mario Escobar

Papel certificado por el Forest Stewardship Council®

MIXTO
Papel | Apoyando la silvicultura responsable
FSC® C117695

Penguin Random House Grupo Editorial

Primera edición: septiembre de 2025

Printed in Spain – Impreso en España

ISBN: 978-84-666-7682-3
Depósito legal: B-10.062-2025

Compuesto en Llibresimes

Impreso en Liberdúplex
Sant Llorenç d'Hortons (Barcelona)

BS 7 6 8 2 A

*A todos los bibliotecarios, sois la última trinchera
que le queda al mundo frente a la barbarie
de las ideologías extremistas*

Los secretos del corazón únicamente anidan
en un alma muy grande como la tuya,
mi amada Elisabeth

Tengo muchos hijos literarios, pero a los únicos
que amo con toda mi alma son mis hijos verdaderos,
Andrea y Alex

Tiene que haber algo en los libros, cosas que no logramos imaginar, para hacer que una mujer se quede en una casa en llamas; algo deben de tener. Nadie haría eso por nada.

RAY BRADBURY, *Fahrenheit 451*

Organiza concursos que se puedan ganar recordando las letras de las canciones más populares o los nombres de las capitales de los estados o cuánto maíz cultivó Iowa el año pasado. Llénalos de datos incombustibles, abrúmalos con información hasta que se sientan atiborrados pero «inteligentes». Entonces sentirán que piensan, que están en movimiento sin moverse. Y estarán contentos, porque ese tipo de hechos no cambian. No les ofrezcas, para ayudarlos a pensar, escurridizas materias filosóficas o sociológicas, que solo producen melancolía.

RAY BRADBURY, *Fahrenheit 451*

Allí donde se queman los libros, se acaba por quemar a los hombres.

HEINRICH HEINE, *Almansor*

Donde no hay libros, no hay conocimiento; donde se queman, no hay libertad.

ANÓNIMO

Quien mata a un hombre mata a una criatura racional, la imagen de Dios; pero quien destruye un buen libro mata la razón misma, mata la imagen de Dios.

JOHN MILTON, *Areopagítica*

Nota del autor

El mundo siempre ha sido un hervidero de pasiones a punto de estallar. La Europa en la que yo me crie estaba a menudo al borde de una guerra nuclear, los conflictos internacionales abundaban, la hambruna sacudía el continente africano, la Guerra Fría aún daba sus últimos estertores y el presidente Ronald Reagan le gritaba a su homólogo Mijaíl Gorbachov: «¡Derribe ese Muro!». Tras el hundimiento de la Unión Soviética, parecía que al mundo llegaba una nueva era de libertad sin precedentes; hasta China se tambaleaba y la palabra democracia se extendía por todo el globo. Las agonizantes ideologías del siglo XX, que tanto daño habían infligido a la humanidad, morían por sí mismas, aplastadas por las obras de Milan Kundera, Aleksandr Solzhenitsyn, Günter Grass o Claude Simon.

La última generación de la Segunda Guerra Mundial daba por difunto el siglo XX y su estela interminable de atrocidades.

El siglo XXI nacía con renovadas esperanzas, pero el terrorismo internacional de Al Qaeda, la gran crisis bursátil e inmobiliaria de 2008, las crisis migratorias, la decadencia política de Occidente y la pandemia de 2020 han resucitado el viejo fantasma de las ideologías.

Eric Voegelin interpretó todos los movimientos populistas del pasado siglo como sustitutivos de las creencias religiosas. Los llamó «religiones políticas». El filósofo, contemporáneo de Hitler, llegó a decir que los grandes teóricos que lograron borrar los conceptos de mundo y Dios no pudieron eliminar los problemas que generaba al ser humano su propia existencia: cuando Dios sale de ecuación, el ser humano acaba por crear nuevos dioses seculares.

El siglo XXI está asistiendo a un fenómeno parecido: la llegada de nuevos líderes iluminados de todo signo político que prometen salvar a la humanidad de su confusión y zozobra. Hace más de una década que comencé a hablar en mis libros y entrevistas sobre el peligro de los populismos de toda índole, pero es imprescindible recordar que esta amenaza viene siempre acompañada de la destrucción de la cultura y en particular de los libros.

Los regímenes autoritarios siempre han censurado y perseguido los libros, desde la China comunista de Mao Zedong, que curiosamente fue bibliotecario, librero y escritor, hasta la Rusia comunista de Lenin y Stalin, pasando por la Cuba de Fidel Castro, la Alemania de Hitler, la Italia de Benito Mussolini y la España de Franco. ¿Se puede repetir en el siglo XXI?

La mala noticia es que ya está sucediendo. Que en muchos países se prohíban ciertos títulos de uno u otro trasfondo político, se quemen libros sagrados de algunas religiones o se persiga a muchos escritores está ya en las noticias internacionales y nacionales en todo el mundo.

Una de las primeras reacciones de los nazis tras su llegada al poder fue imponer el control de las bibliotecas, las librerías, las editoriales, los periódicos y los escritores alemanes; más tarde aplicaron esa misma política en los países ocupados. Además de las famosas quemas de libros del año 1933 en Berlín y otras localidades y del control sobre la cultura, personajes siniestros como los nazis Rudolf Kummer y Hugo Andres Krüss persiguieron y expulsaron de su trabajo a los bibliotecarios alemanes que no eran afines al régimen, además de purgar las bibliotecas y ayudar en la confección de las listas de libros prohibidos.

En medio del caos y el miedo de 1933, algunas personas se empeñaron en proteger y esconder los libros de las bibliotecas. Fueron muchos y algunos pagaron con su vida aquel atrevimiento. Alfred Kerr y Ernst Toller, entre otros, resistieron aquel envite bárbaro y tuvieron que huir del país; otros se quedaron hasta el final.

Este libro es un homenaje a los bibliotecarios y a su labor en la preservación de la cultura, la literatura y la libertad.

La guardiana de libros narra la historia de una mujer, la primera directora de una biblioteca grande en Alemania, Helene Nathan, que luchó por sus compañeros, intentó proteger sus libros y, en definitiva, defendió la cultura alemana contra la barbarie nazi.

En 1933, Berlín era una de las ciudades más cosmopolitas y liberales del mundo occidental, pero en tan solo un par de años se convirtió en el lugar más oscuro de la historia contemporánea. Adentrémonos juntos en sus calles del centro histórico, cuando el aroma de las castañas asadas, el vino con canela y los puestos de naranjas parecen indicar que la Navidad del 1932 va a ser como tantas otras. Sin embargo, las antorchas y los uniformes pardos sustituirán muy pronto a los cabarets, los teatros y los locales de jazz, donde la juventud alemana intenta evadirse de sus problemas. El terror y el miedo borrarán de un plumazo la generación de los locos años veinte y todas las promesas de que nunca más se repetiría una guerra en Europa. Alemania será seducida por un nuevo «sumo sacerdote», Adolf Hitler, y ya nada volverá a ser igual.

Te prometo que será un viaje emocionante y que nos asomaremos a aquellas vidas ante el abismo. Juntos conoceremos a la guardiana de libros.

Prólogo

El último suspiro de las palabras

Berlín, 22 de diciembre de 1989

Los entierros de las personas que han sido muy amadas se asemejan entre sí, pero ese funeral era completamente distinto. Mientras Berlín parecía presa de un incesante frenesí por la caída del Muro y el desmoronamiento de la Unión Soviética, las personas congregadas en el cementerio de los Inválidos no habían vuelto a reunirse desde el final de la guerra. Se percibía el humo de las hogueras y el de los coches que daban vueltas sin cesar a ambos lados del Muro. Los pájaros parecían despertar antes de lo previsto de su letargo, como si quisieran saludar a la nueva Alemania. La vida continuaba con su habitual frenesí y, como si se hubieran puesto de acuerdo con el destino, los últimos guardianes habían acudido para despedir a la mujer que les había cambiado la vida.

La división de Alemania en dos países había aislado a unos de otros, pero sobre todo lo había hecho la necesidad de comenzar de nuevo y olvidar lo vivido durante la guerra. No obstante, ya no recordaban sus nombres, esos con los que sus padres los llamaban para ir a cenar o cuando tenían que regañarles por algo; en su lugar, cada uno respondía al de un escritor del que había tomado prestada la voz, hasta el punto de confundirla con la suya. La larga lista de nombres, como Kafka, Schiller, Goethe, Mann, Zweig, Heine, Blum, Freud, Kästner y Brecht, se había convertido en un nuevo bautismo.

Entre los guardianes faltaban algunos que el tiempo y la guerra habían devorado como el fuego de mayo de 1933 los volúmenes de las bibliotecas de todo el país. Las heridas de la guerra podían aún observarse en el Berlín de la zona este, aunque los modernos edificios de la parte occidental tampoco lograban ocultar todos aquellos años de sufrimiento.

Un manto blanco cubría las tumbas cercanas, los cipreses y los mausoleos, que intentaban perpetuar las diferencias de los hombres, pero que frente a la muerte parecían tan patéticos. Solo la luminosidad de la nieve y ese cielo blanquecino lograban arrancar algo de brillo a la gélida mañana de invierno.

El más viejo de los reunidos tomó el ramo de rosas

rojas que llevaba en la mano y lo depositó sobre el ataúd mientras la tierra removida parecía impaciente por borrar para siempre los últimos restos de la vida de Helene Nathan. El anciano miró la lápida recién esculpida y pasó los dedos arrugados por las letras. Siempre habían sido eso, letras, pequeños signos inventados por los hombres que eran capaces de descubrir lo más profundo del alma humana.

Uno de ellos comenzó a recitar la estrofa final de la *Oda a la alegría* de Friedrich Schiller, la que fue eliminada tras la muerte del poeta. El silencio del camposanto se rompió de repente.

Salvación de las cadenas de los tiranos,
magnanimidad incluso para los villanos,
esperanza en el lecho de muerte,
¡piedad en el juicio final!
¡Hasta los muertos vivirán!
Hermanos, bebed y entonad conmigo,
que los pecadores sean perdonados
y que el infierno deje de existir.

Otro tomó el relevo y recitó el primer párrafo de *La metamorfosis:*

—«Cuando, una mañana, Gregor Samsa se despertó de unos sueños agitados, se encontró en su cama transformado en un bicho monstruoso. Yacía sobre su espalda, dura como un caparazón, y al levantar un poco la cabeza vio su vientre abombado, pardo, segmentado por induraciones en forma de arco, sobre cuya prominencia el cubrecama, a punto ya de deslizarse del todo, apenas si podía sostenerse. Sus numerosas patas, de una deplorable delgadez en comparación con las dimensiones habituales de Gregor, temblaban indefensas ante sus ojos».

Las recitaciones se prolongaron durante más de media hora, cada voz con su tono y timbre, repitiendo las palabras de todas las grandes obras de la humanidad que la sangre y el fuego habían intentado convertir en cenizas muchos años antes, pero que una vez más recobraban la vida en la garganta de aquellos hombres y mujeres.

Un niño se acercó con un libro forrado de cuero recién curtido. A pesar del frío, llevaba unos pantalones cortos, y en sus mejillas sonrosadas asomaba el único aliento de vida en medio de tanta muerte. Lo lanzó sobre el ataúd y se escuchó un sonido sordo cuyo eco interrumpieron al unísono los asistentes, que comenzaron a cantar. No era un himno religioso, una oración fúnebre o una letanía; se trataba de una canción que había estado prohibida y que ahora se entonaba en cada esquina del viejo Berlín.

Unidad y justicia y libertad
para la patria alemana;
persigamos todos ese fin

fraternalmente con pasión y acción.
Unidad y justicia y libertad
son garantía de felicidad.
¡Que florezca esta felicidad con brillo,
que florezca la patria alemana!

Cuando terminó la última estrofa del himno nacional de Alemania, el grupo se disolvió. Esa biblioteca de carne y hueso, esos libros vivos emprendieron su último viaje. Las palabras en la garganta, escritas en las páginas de la mente, no vivirían para siempre. La biblioteca humana de los libros prohibidos daba su último homenaje a su guardiana y a una época que jamás debió haber existido.

PRIMERA PARTE

Libros que arden

1932-1934

1

Sombras sobre la Puerta de Brandemburgo

Berlín, 7 de noviembre 1932

Aquel lunes parecía uno más en la vida de la mayoría de los alemanes, pero todo había cambiado para siempre. La nieve aún no había hecho acto de presencia, aunque todos tenían la sensación de que la Navidad bregaba por adelantarse ese año. Por las calles cubiertas de una espesa niebla, los berlineses se afanaban en llegar a su trabajo, mientras que el aroma a café que invadía toda la casa lograba que Helene Nathan abriera por fin los ojos. La bibliotecaria tomó a su gata Kaiser del borde de la cama, con ese pelo blanco y sedoso que tanto le gustaba acariciar, y se dirigió a la cocina para contemplar el imponente perfil de su novio Derek. Estaban prometidos, pero ella aún no entendía por qué ese rubio de profundos ojos verdes y descendiente de una aristocrática familia prusiana se había enamorado de ella, una bibliotecaria medio judía, de aspecto corriente, labios finos, pelo negro y ojos grises. Siempre fue una romántica y había aprendido todo sobre el amor en los libros. Las novelas de las hermanas Brontë y de Jane Austin le habían ayudado a enamorarse perdidamente dentro de la seguridad de unas páginas de color crema, algo más claras que el café con leche que le esperaba sobre la mesita de la cocina, con el delicado mantel de hilo tejido por su abuela materna. Derek la miró con sus ojos algo rasgados, y sus bigotes rubios se arquearon con la más dulce de las sonrisas.

—¿Cómo se ha despertado mi princesa hoy? —preguntó con ese acento prusiano endulzado por el amor que sentía por ella.

Helene dio un profundo suspiro de satisfacción, como si estuviera intentando retener ese momento para la eternidad. Tan solo un año antes, se encontraba por completo dedicada a su trabajo en la biblioteca del barrio berlinés de Neukölln y a su tarea de llevar los libros a las barriadas más pobres de la ciudad. Su misión en el mundo era que los niños y los adolescentes descubrieran en las páginas de un libro más libertad que la que nunca tendrían en las rimbombantes constituciones que los hombres habían escrito para gobernarse.

Helene y Derek se conocieron en un concierto de jazz. A ella le chocó ver en la sala repleta de humo a aquel ario perfecto, que pegaba más en algún mitin del Partido Nacionalsocialista Alemán de los Trabajadores, el NSDAP. Cuando se le acercó para hablar, enseguida descubrió que era un ávido lector. Pensó que ese chico había nacido para amarla. Sus padres siempre le decían que ponía el listón muy alto y que a ese paso se quedaría soltera, pero su prusiano era la demostración perfecta de que a cada ser humano le espera en alguna parte su otra mitad. Derek había llegado a la ciudad unos días antes. Sus superiores le habían destinado a uno de los regimientos de caballería de Berlín tras los altercados de los últimos meses, debido a la inestabilidad política. Ahora estudiaba en la Preussische Kriegsakademie, en la que se formaba la élite militar del país, aunque operaba de forma semiclandestina por la prohibición de los aliados de que los alemanes tuvieran un ejército poderoso y modernizado.

—Tengo mucho sueño, ayer nos quedamos hasta muy tarde hablando con Lena y Gabor. Ya sabes que no me sienta bien trasnochar —dijo Derek mientras tomaba un nuevo sorbo de aquel café solo. El sabor amargo logró espabilarlo un poco más.

—Yo también debo irme pronto, pero disfrutemos de estos momentos antes de que la ciudad se ponga en marcha —contestó Helene, que miraba la plaza y las sombras que se diluían casi tan rápido como la niebla. Sentía las manos heladas, pero Kaiser le servía de abrigo mientras se estiraba a su lado.

Las vistas eran inigualables. El apartamento daba a la Pariser Platz y, mientras tomaban el café, podían contemplar la Puerta de Brandemburgo. Ese era otro de los pequeños regalos que la vida te da cuando menos te lo esperas. Helene había heredado una pequeña fortuna de su abuela paterna. Su padre había sido miembro del último Gobierno de Theobald von Bethmann, sirviendo como secretario del vicecanciller Clemens von Delbrück, pero no pudo ascender más en su carrera política por estar casado con una mujer judía. Su madre, por el contrario, descendía de una famosa saga de rabinos ortodoxos. Helene, sin embargo, había resuelto dejar aquella rama del judaísmo, para disgusto de su padre. La única que apoyó su decisión fue su abuela paterna Richelle, que había fallecido hacía un año. Todavía se le aguaban los ojos cada vez que la recordaba.

—A veces pienso que el mundo estaría mejor sin nosotros —comentó la joven con aquellos ojos grises que siempre presagiaban tormenta. Únicamente el amor lograba imprimir a su mente algo de optimismo.

Derek miró algo extrañado a su prometida. Algunos días no entendía sus salidas filosóficas, aunque la escuchaba embelesado cuando ella disertaba sobre literatura, historia o política.

—Sí, me refiero a esta paz. El mundo parece caminar por un sendero más tranquilo cuando los humanos dormimos. Todo está en equilibrio. Mira a Kaiser, lo feliz que aparenta ser... Para ella no existen las ambiciones y los deseos mundanos.

La gata, que ya había bajado de su regazo, ahora lamía el cuenco de leche con los ojos cerrados, feliz como cada día, sin que su mente reparara en las terribles sombras que se ceñían sobre Alemania.

Helene lamentaba que casi nadie se diera cuenta de la enorme energía que empleaba en parecer normal, aunque Derek si lo hacía; de hecho, adoraba esa singularidad suya, esa forma tan única de pensar.

En ese momento escucharon que alguien golpeaba a la puerta y Derek se colocó la guerrera, se detuvo frente a la hoja de madera recién barnizada y la abrió sin preguntar quién llamaba tan temprano.

Lena entró en la casa agitando un periódico en la mano. Miró de reojo al oficial y, sin prestarle atención, se dirigió directamente a la cocina. Helene no se levantó para saludarla; su amiga era una mujer tozuda y parecía tan enfadada que pensó que era mejor dejarla que se desahogase. No era buena idea resistirse a la tormenta.

—¡Dios mío! ¡Esos cerdos han vuelto a ganar! ¡Este país está perdido! —gritó mientras agitaba los brazos y el periódico parecía moverse como una bandada de pájaros de papel.

—Bueno, yo me voy —dijo Derek antes de darle un beso en la frente a Helene, haciendo caso omiso a las estridencias de la amiga de su prometida.

—¿Comemos juntos? —preguntó el hombre a la par que se colocaba la gorra de medio lado y la besaba entonces en la mejilla.

Helene notó el roce de los labios y se estremeció. Aún no estaba acostumbrada a sentir una piel que no fuera la suya.

—Lo intentaré, cariño. Te llamo desde la biblioteca para confirmarlo —le contestó mientras el hombre se alejaba unos pasos hasta la entrada.

Lena frunció el ceño aguardando a que Derek terminara de ponerse las botas, tomara el abrigo y saliera a la gélida mañana berlinesa.

En cuanto la puerta se cerró con un golpe y el silencio lo invadió de nuevo todo, su amiga se sentó enfrente y comenzó a hablar:

—Aún no entiendo qué haces con él. Es un oficial prusiano y un aristócrata, y trabaja para esos reaccionarios.

—El hielo y el fuego se atraen. El amor no se puede planificar. «Sea cual sea la sustancia de la que están hechas nuestras almas, la suya y la mía son idénticas».

—Es un poco temprano para citar a Emily Brontë, ¿no crees? Todas esas novelas románticas te han sorbido el seso.

Helene sonrió y Lena le mostró los titulares. El periódico liberal *Vossische Zeitung* llevaba en primera plana los resultados de los comicios del día anterior.

—¡Han vuelto a ganar los nazis! Es cierto que han bajado treinta y cinco escaños, pero siguen siendo el partido más votado de Alemania: hay un treinta y tres por ciento de alemanes que comparten ideología con Adolf Hitler. ¡Qué locura! El mundo sería mejor sin todos estos fanáticos —comentó Lena, que parecía aún más ofuscada que unos minutos antes.

—Deja que me vista y nos vamos a la biblioteca. El cielo está suficientemente gris para que esos nazis nos lo estropeen aún más. ¿No crees?

Las dos mujeres debían hacer un corto viaje en tranvía hasta Neukölln, un pueblecito agradable hasta finales del siglo XIX que se había convertido en un barrio obrero contaminado y pobre con más de trescientas mil almas. Diez años antes se había abierto la primera biblioteca pública en la zona, pero era insuficiente para que los libros llegaran a la gran mayoría de la población humilde del barrio, que apenas sabía lo básico. Helene se había empeñado en que cada niño y joven de Neukölln aprendiera a leer y escribir y tuviera acceso a los libros. Desde 1929, los conflictos entre los nazis y el KDP, el partido comunista, se habían intensificado y sus calles eran un polvorín a punto de estallar.

En cuanto salieron a la calle notaron el ambiente exaltado de las SA. Celebraban su victoria pírrica, aunque era muy complicado que los partidos conservadores se aliaran con un tipo como Hitler. Helene miró con indiferencia a los cachorros nacionalsocialistas, pero Lena no dejaba de fulminarlos con la mirada.

—Nos van a pegar, deja de hacer el tonto —advirtió Helene a su amiga, que aparentaba no temer a nada ni a nadie.

Los berlineses parecían tan acostumbrados a las exaltaciones políticas que caminaban con cierta desgana hacia su trabajo. Para la mayoría era un lunes más de otoño y la Navidad se acercaba, pero sabían que el duro invierno sería muy largo y estaban hastiados de la política. La crisis de 1929 había golpeado de nuevo la maltrecha economía alemana; lo único que deseaba la gente era tranquilidad y un plato caliente que llevarse a la boca.

Helene no pudo evitar observar fascinada las calles de camino a la estación. Estaba enamorada de su ciudad, no quería vivir en ningún otro lugar del mundo. Los nazis la consideraban el epicentro de la decadencia del país y seguían sin conquistar el corazón de los berlineses, aunque en los barrios obreros comenzaban a tener más presencia. Ya habían amenazado dos veces a los empleados de la biblioteca y, ahora que se veían envalentonados, Helene temía que las cosas se pusieran aún más difíciles. Algunos de sus compañeros pensaban que no era muy buena idea que una mujer dirigiera la biblioteca en Neukölln, pero ella se sentía muy orgullosa de ser la primera directora en todo el país.

—Dejemos de hablar de las elecciones. ¿Has preparado el material para que vayamos hoy a la zona sur? —preguntó mientras se aferraba a la barra del tranvía.

Lena no estaba muy de acuerdo con aquella idea.

—No me arriesgaría a aparecer hoy por allí. Los enfrentamientos entre nazis y comunistas continúan.

—Por eso tenemos que ir. Si los libros no son capaces de frenar todo esto, ¿qué podrá hacerlo?

2

Los hijos de la Hidra

Berlín, 3 de diciembre de 1932

Kurt von Schleicher acababa de tomar posesión como canciller de Alemania. Cuando Derek llegó a su despacho de asistente de Werner von Blomberg, le comunicaron que el nuevo jefe de Gobierno había convocado al general. El joven sabía de la antipatía existente entre los dos hombres.

—General, tome asiento —dijo el nuevo canciller, que se creía con fuerzas de dominar a Adolf Hitler, igual que había desbancado al antiguo canciller Franz von Papen.

—Usted dirá, canciller.

Schleicher le miró con semblante grave, algo muy poco propio de él. El nuevo canciller era un hombre campechano y agradable, capaz de convencer casi a cualquier persona, pero sabía que el general Blomberg le aborrecía.

—¿Cómo fue la Conferencia Mundial de Desarme? —preguntó tan serio que su interlocutor lo miró más circunspecto que de costumbre.

El general acababa de regresar de Ginebra. Derek le había acompañado. El ambiente era desagradable y los delegados llevaban casi dos años intentando llegar a un acuerdo; la mayoría de los representantes se dedicaban a disfrutar de la ciudad o los caros restaurantes. Los soviéticos no cedían en sus posiciones y los alemanes intentaban que sus antiguos enemigos suspendieran los vetos impuestos sobre el ejército alemán.

—No hay muchas novedades. Los únicos que parecen entendernos son los estadounidenses; los soviéticos creen que, si nos apoyan ellos, también podrán rearmarse.

Schleicher conocía las tendencias políticas del general Blomberg; por eso lo había convocado a su despacho. Era hora de hablar con el diablo, se había dicho el canciller, aunque su padre le había advertido en más de una ocasión que, si haces un trato con el demonio, él siempre vuelve a cobrar su parte.

—Me gustaría tener un contacto más directo con Adolf Hitler. Ya lo tengo con Gregor Strasser, pero ese hombre está perdiendo cada vez más peso en el partido.

—No creo que Hitler esté interesado en su Querfront, está a punto de acariciar el poder. ¿Por qué iba a unirse en una coalición con parte del partido comunista y socialista? —le contestó con cierto desdén el general, que parecía disfrutar con la confusión que reinaba entre los políticos tradicionales. Eso era precisamente lo que le gustaba de Hitler, que era capaz de dominar el terreno político e imponer sus propias reglas, aunque como prusiano odiara sus estridencias y aspecto vulgar.

El canciller se estiró en la silla. Su cuerpo rechoncho se puso tenso por primera vez y las gotas de sudor le recorrieron el pescuezo hasta el impoluto cuello blanco de la camisa.

—El presidente Hindenburg jamás apoyará la formación de un gobierno presidido por ese cabo austriaco. Alemania todavía tiene la suficiente fuerza y clase para no caer en manos de oportunistas.

Derek continuaba en posición de firmes detrás de su jefe. Cada día le interesaba menos la política. Lo único que quería era ver a Helene; llevaban casi un mes separados y tenían muchas cosas que preparar. Planeaban casarse en verano, aunque la mayor parte de las dos familias se oponía a su amor.

—Si usted me ayudara, le nombraría ministro del Ejército —le tentó el canciller, como si aquellas cosas funcionaran con el militar, cuyo código del honor kantiano era inamovible.

El general disimuló su sonrisa. El presidente Paul von Hindenburg confiaba más en él que en el actual canciller.

—No puedo ayudarle, lo lamento —dijo el hombre poniéndose en pie y en posición de firmes.

Aquel desplante enfureció a Schleicher. Era consciente de que, aunque llevaba unas pocas horas como canciller, el apoyo que tenía era muy limitado. Su poder era papel mojado. Franz von Papen conspiraba a sus espaldas y el presidente lo veía como un comodín hasta que nombrara un nuevo gobierno. Los nazis le detestaban por ser demasiado tradicional.

El general Blomberg salió del despacho con paso acelerado, las botas de cuero se escuchaban por el largo pasillo. Derek le seguía un par de metros por detrás, hasta que el hombre se paró en seco.

—¡Es un maldito payaso! —comentó a su asistente. Derek sabía que debía tener la boca cerrada, su jefe solo quería desahogarse. Su rostro pálido había enrojecido.

Llegaron al coche y el general le dijo al chófer que le llevase hasta el hotel Kaiserhof, donde se alojaban Hitler y sus hombres de confianza. El austriaco odiaba Berlín, que le parecía una ciudad pequeñoburguesa repleta de judíos despreciables y arquitectónicamente horrorosa. Aquel hotel era lo único que le agradaba de la decadente capital.

Dos SS vigilaban desde el vestíbulo del hotel a todo

el que entraba y salía, pero los uniformes de oficial de Derek y su jefe les hicieron ponerse firmes. A los pocos minutos estaban en un salón de la suite en la que se alojaba el candidato nacionalsocialista.

Derek no conocía personalmente a Hitler. Se sentía nervioso y fascinado al mismo tiempo, pero, cuando vio entrar al famoso orador nacionalsocialista, no se quedó muy impresionado. El austriaco era más bajo que él, apenas medía un metro setenta y cinco, llevaba el pelo negro y lacio peinado a un lado y lo único que destacaba en su rostro vulgar eran sus brillantes ojos azules y esa expresión desconfiada de tendero de mercado. Helene no se lo iba a creer cuando se lo contara, se dijo mientras se cuadraba.

El general saludó al nazi con el brazo en alto y Derek le imitó con cierto reparo. Hitler llevaba una fusta en la mano y la golpeaba suavemente contra el muslo, haciendo un sonido suave.

—¡Querido general, me alegra mucho verle! —exclamó el líder nazi con una medio sonrisa. Después se sentó y Blomberg no tardó en hacerlo. Habían preparado un té, el ambiente olía a pastas danesas y rosas rojas.

Al joven oficial le extrañó la cordialidad del nazi, parecía casi servil.

Antes de comenzar a hablar, Hitler observó a Derek con cierta curiosidad. Después dirigió su mirada al general.

—Es de mi más entera confianza —dijo Blomberg muy serio y después hizo un gesto a su ayudante para que relajase la postura.

—Está bien. ¿Ha hablado con el canciller?

—Sí, está dispuesto a que sea usted el vicecanciller de un nuevo Gobierno presidido por Franz von Papen.

—¡Está perdiendo el tiempo! No hemos llegado hasta aquí para una simple vicepresidencia. Yo no ansío el poder, general, lo que ansío es cambiar Alemania. Iremos a elecciones de nuevo —exclamó furioso. Tomó el té y lo sorbió con cierto ruido. Después mordisqueó las pastas como un ratón y se recostó en la butaca.

—Los comunistas y los socialdemócratas están creciendo. Si ganan las próximas elecciones, estaremos abocados a convertirnos en una maldita nación soviética —dijo airado Blomberg.

Las palabras exaltadas del general parecieron molestar al nazi, que frunció el ceño y adelantó el cuerpo.

—Nosotros podemos impedirlo, pero reclamo el Ministerio de Interior, el de Exteriores y el de Justicia. Menos es vender al pueblo alemán, y a eso no estamos dispuestos. ¿Entendido? —le preguntó mientras le clavaba esa mirada de lobo que muy pocas personas podían sostener ni por un segundo.

—Imposible, no tiene más que el treinta y tres por ciento de los votos y ha perdido escaños. ¡No lo van a aceptar! Yo estoy con ustedes, pero soy realista.

Hitler se cruzó de brazos, como un niño pequeño al que le hubieran arrebatado su juguete.

—Espero que tenga unas felices fiestas —dijo con cierta desgana, antes de ponerse de pie y salir de la sala con su paso rápido y la espalda encorvada, como si llevase sobre sus hombros una pesada carga.

El general miró a su asistente, después se puso en pie y dio un largo suspiro. Salieron del hotel y, mientras recorrían las calles gélidas de Berlín, Derek echó un vistazo al reloj. Al cabo de una hora se reuniría con Helene y eso era lo único que le importaba en realidad. La última vez que se habían visto había sido en el desayuno en su apartamento; apenas habían hablado un par de veces por teléfono y ahora contaba con ansia los minutos que quedaban para su reencuentro.

3

Lugares de paz

Berlín, 3 de diciembre de 1932

Helene Nathan estaba intentando borrar la pintada en la fachada de la biblioteca. El jabón le chorreaba por el brazo hasta la manga y se le introducía incómodamente hasta la axila. En el último mes habían sufrido más de diez ataques de los nazis, pero a la policía parecía no importarle demasiado. Muchos de los agentes pertenecían a las SA o eran partidarios de los nazis. El anterior ataque fue mucho más peligroso. Varios miembros de las SA con la cara tapada arrojaron piedras a los cristales de una de las ventanas y después unas teas ardiendo. En aquel momento había una docena de niños en la ludoteca y su ayudante Klaus logró sacarlos a tiempo, a la par que el resto apagaba las llamas. Podía haber sucedido una desgracia, pero la denuncia se había archivado en la comisaria. Los nazis podían actuar con impunidad.

Mientras Helene se afanaba por quitar las letras en rojo que en un torpe alemán decían: CERDOS JUDÍOS COMUNISTAS, se le acercó por la espalda un hombre que carraspeó para que notase su presencia. El fuerte olor a disolvente tenía a la mujer medio mareada, por lo que al girarse casi no reconoció a ese señor vestido con un traje gris desgastado y un gorro marrón.

—Señorita Nathan, veo que los camisas pardas han hecho otra vez de las suyas. Si aceptara poner la biblioteca bajo nuestra protección, nosotros le garantizaríamos seguridad y que todos los miembros de las juventudes comunistas participaran en sus planes de alfabetización.

—Señor Fusch, ya sabe lo que pienso. Las bibliotecas son lugares neutrales. Las ideologías deben quedarse en la entrada, afuera. En los estantes de nuestra casa conviven en paz Freud y Nietzsche con san Agustín y Ernst Wiechert —bromeó la bibliotecaria, que por unos instantes se los imagino a todos sentados en una interesante tertulia como en el famoso fresco de *La escuela de Atenas*.

—Este es su mayor error. En los tiempos que corren no podemos permitirnos ser neutrales. Tarde o temprano una parte de Alemania terminará dominando a la otra. ¿Cuál es la que prefiere? —preguntó el anciano desdentado, cuyos ojos negros eran como los botones del traje de un enterrador.

—No quiero que gobierne ni Thälmann ni Hitler. Algunos amigos me han contado lo que está sucediendo en la Rusia de Stalin y otros, la represión en la Italia de Benito Mussolini. Es harina del mismo costal. Tolstói decía que los gobiernos no pueden hacer a los hombres mejores, pero sí mucho peores.

El hombre frunció el ceño, y su perilla larga y blanca se retorció como la de un chivo. Le agradaban la bibliotecaria y la labor que hacía, pero los que no pertenecían al partido se constituían en enemigos de clase. No había otra solución.

—¡El traidor de Friedrich Eber se apoyó en los Freikorps y frenó la revolución! Asesinó a Rosa Luxemburg y a Karl Liebknecht, y ahora ¡los nacionalsocialistas están a punto de tomar el poder! —dijo mientras echaba espumarajos por la boca.

—Le pido que baje el tono, los niños están estudiando dentro. Puede traer a sus jóvenes comunistas, aquí aprenderán ideas de respeto, tolerancia y amor a los demás, aunque imagino que eso no le interesará mucho. Sembrar el odio nos llevará a todos al desastre —le contestó Helene mientras le señalaba con la brocha llena de disolvente.

—Prefiere que esos niños que tanto dice amar sean siempre pobres, que los capitalistas continúen explotando a la clase trabajadora. Usted es una simple burguesita jugando a salvadora. Sería mucho mejor que se metiera a monja. La juventud alemana, o será comunista, o terminará en los brazos de esos camisas pardas. Nosotros somos los únicos que podemos salvar a Alemania. Se lo aseguro, mire lo que pasó en Italia.

En ese momento, un joven oficial cruzó la calle y, en cuanto apareció de detrás de un carro que repartía leche, Helene soltó el cubo y la brocha y se lanzó en sus brazos. El viejo comunista los miró huraño y, porfiando insultos, se alejó de los dos enamorados como si le salieran salpullidos con cualquier muestra de amor.

—¡Derek, Dios mío! —exclamó la joven mientras su cuerpo daba vueltas. Se sentía como cuando era niña y su padre le hacía lo mismo.

—He llegado esta mañana, pero he tenido que ir con el general a dos reuniones —se disculpó el hombre, y su sonrisa cautivadora hizo que ella se lo perdonara todo.

—Eso ya no me importa, ¡estás aquí!

Le besaba y le tocaba el rostro, como si quisiera comprobar que era real y no otra de sus ensoñaciones.

El joven miró la pintada a la espalda de la mujer y le preguntó mientras se rascaba la nuca:

—¿Quieres que te ayude?

—Te vas a manchar ese bonito uniforme —dijo la chica, que lo agarraba de la solapa con cuidado.

—No he tenido tiempo de cambiarme. —Se quitó la chaqueta a pesar del frío del invierno.

—Dentro tengo ropa vieja.

Los dos entraron en el edificio y muchos de los niños saludaron al soldado; les deslumbraba su impoluto uniforme. El más avispado se acercó hasta él y lo abrazó.

—¡Otto, cuánto has crecido!

El niño moreno le sonrió y Derek le puso su gorra en la cabeza. Le estaba enorme, pero el niño se sintió como si fuera el general más importante de Alemania.

—Un día me tienes que enseñar tu arma —dijo el niño mientras hacía como si desfilara por la habitación. Helene se preguntó por qué a los hombres les gustaba tanto la guerra, parecía que la necesitaban para ser felices.

Derek sacó del bolsillo una bala de pistola y se la entregó.

—Te he traído esto.

El niño miró el proyectil dorado como si fuera una hermosa gema. Le brillaron los ojos y, tras abrazar al joven, exclamó:

—¡Gracias, se lo voy a enseñar a mis amigos!

—Eres incorregible... Llevo años educando a estos niños, enseñándoles respeto y la importancia de vivir en paz, para que en un minuto los fascines tú con la guerra —le recriminó Helene de brazos cruzados, aunque no le duró mucho el enfado.

—Estás muy equivocada, amor. Los soldados somos ahora mismo los que mantenemos la paz. Si no estuviéramos, las calles de Berlín serían un campo de batalla, como en 1919.

El hombre se cambió en la parte trasera. Ella lo miró con deseo, pero se retuvo para la noche; cenarían algo ligero y después harían el amor hasta el amanecer.

Derek comenzó a quitar la pintada mientras su novia se reunía con Lena y Klaus en la sala de descanso. Sus ayudantes estaban cada vez más preocupados.

—¿Qué vamos a hacer? Esto no es el centro de Berlín, estamos en medio de un fuego cruzado —dijo Lena, que parecía siempre al borde de un ataque de nervios.

—Bueno, esperemos que el nuevo gobierno termine con la violencia —dijo Klaus, que siempre intentaba mostrarse optimista. Su cara regordeta recordaba la de un gran oso polar de peluche, aunque tuviera el bigote pelirrojo.

Lena puso los ojos en blanco, no entendía que su compañero pudiera ser tan inocente. Ella era de Baviera y sabía mejor que nadie cómo se las gastaban los nazis, pero los muniqueses eran optimistas por naturaleza.

—El ayuntamiento no va a poner vigilancia y la policía no hace caso, siempre contesta que tiene cosas más graves que resolver. Estamos solos, debemos confiar…

—¿En qué? ¿En la divina providencia?

—A lo mejor sí. ¿No decía siempre eso tu abuelo, el pastor luterano?

Las palabras de Helene molestaron aún más a Lena.

—Pues al menos paraliza las visitas a las zonas más peligrosas del barrio. Nos pones a todos en peligro —se quejó su amiga, pero sabía cuál iba a ser la respuesta de su jefa.

—Esas misiones son imprescindibles. Para muchos niños son el único momento de alegría en toda la semana. Estamos atendiendo a más de cien pequeños, algunos han aprendido a leer y escribir gracias a las misiones.

Klaus sonrió.

—Cuenta conmigo —le dijo a Helene—, no podría vivir sin todos esos niños.

—Klaus es un sentimental, pero creo que todos terminaremos mal.

—No me avergüenzo de elegir siempre la felicidad, Lena, las desgracias vienen solas.

Derek entró en la sala. Estaba sudado y olía a disolvente. Incluso con aquellas ropas llenas de manchas de pintura continuaba siendo un hombre elegante y atractivo, pero a Lena le parecía un reaccionario, un conservador que se había encaprichado de una muchacha progresista. A veces era verdad que los polos opuestos se atraían.

4

Hombres grises

Berlín, 15 de diciembre de 1932

Hugo Andres Krüss miró por el gran ventanal de la Biblioteca Estatal de Prusia. El despacho olía a libros, cuero y tabaco, los tres únicos perfumes que el viejo bibliotecario toleraba. Llevaba siete años como director, pero su sueño era crear una biblioteca nacional para Alemania, como ya existía en otros países. Muchos se habían opuesto a su nombramiento por no tener el título de bibliotecario, pero llevaba toda una vida dedicada a los libros. Había dirigido las bibliotecas académicas de Prusia y su bagaje cultural era poco discutible. Pertenecía al Partido Popular Alemán, un partido elitista de carácter nacionalista e idealista, pero Krüss era un hombre pragmático y sabía que la hora de los nacionalsocialistas había llegado. Su única patria era una biblioteca y su única religión, la que podía encontrar entre las tapas de un libro.

La secretaria anunció la llegada de Rudolf Kummer y el director se puso en pie para recibirlo. Aquel hombre lo incomodaba, parecía transportar una sombra de maldad que impregnaba cualquier lugar por el que pasara.

—Espero que haya tenido un buen viaje desde Baviera —le dijo intentando ser amable, con la sonrisa forzada, hinchando aún más sus largas patillas canas.

—Llevó en Berlín desde la semana pasada. No es una ciudad que me guste, pero el Führer me pidió que viniese para apoyar su pronta consolidación en el poder. No sé a quién se le ocurrió que esta ciudad fuera nuestra capital. Está demasiado al norte, demasiado cerca de la frontera polaca, y su clima es endiablado.

Krüss ignoró los comentarios de su colega. Siempre lo acompañaba aquel humor de mil diablos y una expresión de disgusto, muy característica de los nacionalsocialistas.

—¿Piensa que al final se llegará a un acuerdo? —preguntó a Kummer mientras se sentaba en su cómoda silla. Tocó con los dedos el tapete de cuero e intentó calmarse. Aquel animal era capaz de olfatear el miedo.

—A veces hasta el diablo trabaja para el cielo —respondió el bávaro y después se echó a reír. Krüss lo intentó, pero se le petrificó la sonrisa en el rostro.

La respuesta de Kummer le heló la sangre y se acordó del Fausto de Goethe y la tentación de Mefistófeles para que alcanzara la sabiduría. Disipó esos pensamientos de inmediato. Krüss temía a los nazis, pero temía aún más a los comunistas, como muchos alemanes honrados. Conocía de primera mano lo que les había pasado a los burgueses y nobles rusos durante la revolución y no quería que en su país sucediera lo mismo.

Krüss cambió de tema. En el fondo, la política le era indiferente y ellos estaban reunidos por otro asunto, algo que trascendía a las ideologías y la política.

—Ya sabe de mi proyecto para la fundación de una biblioteca nacional, usted es el hombre de los libros. El bibliotecario nazi más famoso y mejor situado dentro del círculo de Hitler. Alemania le necesita —afirmó para inflar aún más el ego de Rudolf Kummer. Los nacionalsocialistas solían reunir casi todos los pecados capitales y él sabía hinchar la soberbia de los hombres.

—Al principio tendremos otras prioridades. La juventud alemana está siendo contaminada por la literatura comunista y judía, eso tiene que acabar —dijo mientras golpeaba con su puño la mesa. Los libros y las plumas temblaron y el rostro de Krüss no disimuló su enfado.

—Naturalmente, pero debemos preservar la cultura. Incluso la Inquisición, con su *Índice de libros pro-*

hibidos, guardó esos volúmenes que los doctores del Santo Oficio podían consultar —contestó a su compañero, sabiendo por donde iban sus palabras. Ya había escuchado en algunos discursos la intención nazi de purgar las bibliotecas.

—No estará comparando a las SS con los padres dominicos, ¿verdad? El mal hay que arrancarlo de raíz: la literatura judía y bolchevique es capaz de confundir al mejor ario y no podemos arriesgarnos. La literatura contaminada debe desaparecer y las obras comunistas, también, como las de los judíos que llevan décadas destruyendo la moral de la juventud alemana. ¿No ha visto todos esos cabarets degenerados y esas calles llenas de prostitutas arias que se acuestan con los burgueses judíos a unas manzanas de aquí? No vamos a llegar al poder para que todo siga igual. Se lo aseguro —dijo el nazi mientras se apoyaba en el escritorio, acercando el rostro al del director.

Krüss rompió a sudar. Le entregó a Rudolf Kummer una lista, que era para lo que aquel hombre había ido a su despacho. Se sentía como Judas en la última cena; estaba delatando a amigos y colegas que conocía desde hacía años.

—Estos son los bibliotecarios con sangre judía o miembros de algún partido de izquierdas. Si los elimina, dejará limpias las bibliotecas de Prusia en un santiamén —dijo al tiempo que apuntaba con el índice las líneas rectas y escritas en una excelente caligrafía.

El nazi frunció el ceño. Después incendió sus ojos de ira y comenzó a gritar:

—¡Le pedí las de toda Alemania! Es la única forma de que mis superiores perdonen su pasado y le mantengan como director de la biblioteca. ¡No sabe con quién está tratando!

—Lo tendrá cuanto antes —se disculpó el director, que sudaba tanto que los chorreones le nublaban la vista.

Kummer tomó la lista y la guardó en su portafolios de cuero. Después levantó la mirada y, reflejándose en los ojos azules y pequeños del director, le espetó:

—Tiene hasta primeros de enero, esperamos muy pronto estar en el poder. ¿Entendido? No nos falle o le meteré a usted también. En el partido no aceptamos medias tintas. Está con nosotros o es nuestro enemigo.

El hombre afirmó con la cabeza. Notaba como la ropa se le pegaba por el sudor. Kummer salió del despacho sonriente; cojeaba de la pierna derecha, un viejo recuerdo del Putsch de Múnich. El triunfo estaba tan cerca que casi podía tocarlo con los dedos de sus huesudas manos. Miró las estanterías ordenadas y los lomos de diferentes colores, escritos con letras doradas. Por un segundo sintió cierta compasión por los que debían desaparecer. Recordó las horas tumbado en la cama de su habitación en Múnich, cuando esos tomos le habían salvado la vida y le habían hecho viajar a mundos imaginarios. Aquel instante se desvaneció por completo. La conciencia era un invento de los judíos, y los verdaderos alemanes debían aspirar solo a obedecer: la obediencia era el único camino a la verdadera libertad.

5

Las últimas Navidades

Berlín, 24 de diciembre de 1932

La Navidad en Berlín siempre lograba alegrar la cara de sus habitantes, que por una vez al año parecían pausar un poco el paso, se saludaban con cierta cordialidad y, a pesar de las calles embarradas con una nieve sucia, sonreían como si ya hubiera llegado la primavera. En la trama cuadricular de manzanas enormes y fachadas grises se ocultaban esos jardines secretos que tanto amaban los berlineses, donde el frío del norte se detenía de repente y la vida parecía más amable.

Al día siguiente era Navidad y las dos familias habían aceptado conocerse ante la proximidad de la boda de sus hijos. La familia de Derek quería ir después a la misa del gallo en la cercana catedral; la de Helene, que no era para nada religiosa, prefería pasar la velada fumando y escuchando la radio y bailando un poco. Habían elegido un sitio neutral para encontrarse, como si estuvieran a punto de firmar un armisticio. Los Von Sholtz iban vestidos con trajes hechos a medida y no llevaban los uniformes porque iban en son de paz; los Weber —el apellido Nathan con el que se conocía a Helene era el de su madre— provenían de una familia de diplomáticos y altos funcionarios, cuyos orígenes eran luteranos, pero las dos últimas generaciones se habían inclinado por las ideas kantianas y la filosofía de Hegel.

Los primeros en llegar al precioso restaurante Horcher fueron los Von Sholtz. Blaz, el patriarca de la familia, siempre cumplía con su puntualidad germana; algunos incluso bromeaban diciendo que era más estricto que el filósofo Kant. Parecía una versión madura de su primogénito, pero con las facciones más marcadas y una expresión constante de disgusto. A su lado estaba su esposa Gisela, que, aunque de rasgos más dulces y expresión bondadosa, no podía disimular su ascendencia noble y no se permitía el más mínimo placer. El matrimonio había criado a sus vástagos de manera estricta. Sus hijos Dieter y Ebert eran dos gemelos tan idénticos que hasta a sus padres les costaba en determinadas ocasiones diferenciarlos. Derek llegó unos segundos más tarde; su padre frunció el ceño y le saludó con un apretón de manos. El joven besó levemente a su madre en la frente y esta apenas respondió con la insinuación de una sonrisa, a pesar de que el primogénito siempre había sido su favorito. Sus hermanos lo abrazaron. Le tenían una profunda admiración, además de por ser el mayor, por enfrentarse a su padre y mantenerse firme en sus decisiones.

Helene entró en el salón del brazo de Klaus, su padre. Su rostro resplandecía de tal modo que mucha de la gente del local se la quedó mirando a hurtadillas. Detrás iban su hermana Amalia y su madre Maria, también sonrientes, como si estuvieran contándose algún tipo de chisme.

La familia Von Sholtz se puso en pie, casi en posición de firmes. El único que se abalanzó sobre los Weber para saludarlos fue Derek, que ya los conocía de antes.

—¡Señor Weber! —saludó Blaz a su futuro consuegro.

A pesar de su vestimenta más moderna, Klaus era un hombre acostumbrado a moverse en las altas esferas del Gobierno y había viajado por medio mundo. No le impresionaban los títulos ni la flema prusiana.

—Señor Von Sholtz, encantado de conocerle —dijo sin tanta ceremonia. A continuación, introdujo a sus dos hijas y su esposa.

Gisela permaneció sentada observando a las mujeres. Vestían de forma demasiado liberal para su gusto, pero parecían agradables. Las saludó con la mano fría y después se presentaron los pequeños.

Los hombres se sentaron a un lado de la mesa y las mujeres al otro, para disgusto de Helene, que odiaba ese tipo de discriminación.

—Tranquila —le susurró su madre, que conocía el carácter de su hija y era consciente de lo importante que era aquella comida.

—Parece que nuestros chicos están decididos a casarse. Derek es un joven con una brillante carrera en el ejército, juicioso, trabajador, prudente y sobre todo muy inteligente...

Su hijo lo observó sorprendido. Jamás había escuchado de los labios de su padre tantos elogios. Helene, desde el otro lado de la mesa, atendía a la conversación de los hombres sin importarle demasiado caer bien a su futura suegra.

—Le conozco un poco y sin duda tengo que felicitarle —admitió Klaus para continuar con los formalismos, aunque enseguida tomó la copa y propuso un brindis por los novios.

Blaz se quedó rígido, pero al final levantó la suya y todos se relajaron de repente, como si aquel simple gesto los hubiera convertido en una familia unida.

Derek destensó un poco el rictus y, como estaba sentado al lado de su novia, le apretó la mano por debajo de la mesa. Estaba decidido a casarse con su amada con la aprobación de su padre o sin ella, pero prefería hacer las cosas bien.

—No parece tan fiero —bromeó Helene mientras se aproximaba a su cara. Gisela los miró con desaprobación, pero Maria llamó su atención y la mujer dulcificó de nuevo sus hermosos rasgos.

—El mundo ha cambiado mucho, ahora las cosas no son como antes. Desde que Goethe publicara *Las penas del joven Werther* y mostrara al mundo la fuerza del amor...

Gisela se quedó mirando a su futura consuegra. Ella desaprobaba todas aquellas ideas románticas de la vida.

—Creo que hay valores más importantes sobre los que construir un matrimonio, como el compromiso, la entrega, el sacrificio y el deber. El amor es un sentimiento muy pasajero, ¿no cree?

Maria sonrió. Ella sabía bien lo que era el amor, el precio tan alto que habían tenido que pagar por él.

—Mi esposo renunció a su carrera para casarse conmigo y llevamos treinta años juntos. Creo que, en mi caso, el amor ha sobrevivido a muchas cosas. El amor es también una decisión, y todo eso que ha mencionado es el fruto del amor, no del esfuerzo y el sacrificio.

Gisela abrió los ojos como si no pudiera contener tanta sorpresa. Esa mujer era muy extraña; parecía una de ellas, pero no lo era.

Los dos gemelos hablaban con Amalia, que era mucho más atractiva que su hermana, con esa belleza que produce la primera floración de la mujer: inocente, pura y casi divina. Ambos competían por llamar su atención, algo que parecía divertirla.

—¿Qué estás estudiando? —le preguntó Ebert, que era el más decidido de los dos.

—Estoy terminando el bachillerato. Después me gustaría dedicarme a lo mismo que mi madre, al trabajo social —comentó la joven mientras su nariz respingona y sus labios muy rojos resplandecían a la luz tenue del restaurante. Su pelo rojizo era tan brillante que a veces daba la sensación de que la melena le ardía cada vez que movía la cabeza.

Los dos hombres, después de pedir venado para ellos y faisán para las damas, comenzaron a hablar de política. Todo el mundo en Berlín se hallaba expectante por los acontecimientos que estaban a punto de suceder.

—Parece que al final, después de tantos años de zozobra, Alemania volverá a la senda del juicio y buen hacer —dijo Blaz con tanta convicción que Klaus no quiso contradecirlo de buenas a primeras.

Desde el otro lado de la mesa, Helene le contestó:

—Si se refiere al nacionalsocialismo, no creo que esos matones sean ni juiciosos ni sepan hacer bien las cosas. Esos bravucones de cervecería y mercachifles llevarán a Alemania hasta el desastre. Thomas Mann ya nos ha advertido que el fascismo llegará a Alemania en nombre de la libertad.

Se hizo un incómodo silencio en la mesa. Derek intentó intervenir, pero su padre lo detuvo con un gesto.

—¿A lo mejor la señorita prefiere que los bolcheviques tomen las calles de Berlín? ¿Sabe lo que sucedió en Moscú cuando lo hicieron?

Helene frunció el ceño. Sabía que siempre se contraponía el comunismo al fascismo, como si uno fuera a salvarnos del otro. Ella no compartía aquel pensamiento.

—La biblioteca que dirijo está en medio de esta lucha fratricida entre alemanes. ¿Es que no hemos aprendido nada de la Gran Guerra? Las ideologías son las nuevas religiones, con sus dogmas, sumos sacerdotes, ídolos y castigos.

—¿Me está llamando pagano? Mi familia es luterana desde la época de Martín Lutero. Lo que no podemos consentir es que esas ideas extranjeras destruyan Alemania. Casi lo hacen el diecinueve y no vamos a permitir que lo hagan ahora, ya ha sufrido suficiente nuestra patria.

Maria tosió y, con un gesto reconciliador, dijo:

—Creo que la comida se está enfriando y es una pena que no vayamos a disfrutar de ella cuando hay tantos que no tienen un pedazo de pan que llevarse a la boca.

Gisela tomó el tenedor y por primera vez en su vida interrumpió a su esposo.

—Hablar de política en la mesa con nuestra futura familia es una descortesía. ¿Verdad, Blaz?

El hombre la fulminó con la mirada, pero no dijo nada más. Los jóvenes conversaron de música, la pareja se ocupó de los detalles de la boda con las madres y los dos hombres permanecieron callados, como si las dos Alemanias solo pudieran estar sentadas a la mesa en silencio. Aquella calma no podía durar demasiado tiempo.

6

Las cosas se ponen feas

Berlín, 29 de enero de 1933

La noche envolvía la ciudad y la niebla comenzaba a escaparse del río y los parques. La gente apenas se acordaba ya de las pasadas Navidades. De manera discreta, una docena de hombres entraron en la hermosa residencia de Franz von Papen, la mayoría en grupos de dos, aunque Oskar von Hindenburg lo hizo solo, dejando a sus escoltas en la entrada de la residencia.

Derek acompañó al general Werner von Blomberg, aunque tuvo que esperar en una sala cercana. A pesar de tener la puerta cerrada, las voces de los comensales se podían escuchar nítidas, sobre todo las de Von Papen y Adolf Hitler; las otras se oían algo más amortiguadas, como si fueran el simple coro de esa tragedia griega.

—Aceptamos que tenga los tres ministerios y ya estamos siendo muy generosos. Usted será el canciller, Wilhelm Frick será el ministro de Interior y a Hermann Göring, que no tendrá cartera, le daremos el control de la policía de Prusia.

El líder nazi farfulló unas palabras antes de hablar.

—Kurt von Schleicher está intentando dar un golpe de Estado y crear una situación de emergencia para apoyarse en un gobierno militar. Lo sabemos por mi buen amigo el general Werner von Blomberg. ¡Eso es inadmisible!

—Mi padre no está a favor de ningún golpe de estado —les aseguró Oskar von Hindenburg. Fue a encender un cigarrillo, pero la mirada de Hitler se lo impidió; sabía que el líder nazi detestaba el tabaco.

—Está bien, aceptaré las condiciones, pero espero, caballeros, que esto no sea un truco más para dilatar las negociaciones. Si no llegamos a un acuerdo esta noche, mañana pediré que se convoquen nuevas elecciones. Entonces ganaremos con una victoria aplastante y ya no necesitaremos sus apoyos —comentó Hitler con su parsimonia habitual, la que mostraba cuando se sentía seguro de tener el control de las cosas.

Los nazis se pusieron en pie y salieron de la sala tras despedirse. Derek se quedó en el pasillo mientras esperaba al general.

—Usted será el nuevo ministro de Defensa por deseo expreso de mi padre, no nos falle —dijo el hijo del presidente, al que no le convencía del todo el nombramiento de Hitler.

Franz von Papen intentó quitarle hierro al asunto y, como tenía por costumbre, bromeó.

—Hitler estará controlado como el corcho en una botella: no podrá hacer nada sin nuestro consentimiento y con un dedo el presidente puede destituirlo y enviarlo de nuevo a Austria, de donde nunca debería haber salido.

Todos se echaron a reír menos Werner. Conocía demasiado bien a Hitler como para saber que el resto estaba equivocado.

Salió del salón y Derek le entregó la gorra y el abrigo.

—¿Estás cansado? —preguntó a su subalterno.

—No, señor —mintió el joven, que en el fondo estaba deseando irse al apartamento de su novia.

—Mientes muy mal, pero no te robaré mucho tiempo. Necesito una copa.

Cuando llegaron al coche, el asistente le preguntó a dónde se dirigían para dar instrucciones al chófer.

—Me encanta el Die Katakombe, pero si los nazis se enteran de que hemos ido a ese antro en el que se mofan de Hitler estoy perdido. Y en el Kakadu me encontraré con demasiada gente... Mejor vamos al Casanova.

El cabaret no quedaba muy lejos. Se podía escuchar música jazz y las copas eran excepcionales. En cuanto entraron en el local lleno de humo, el metre les buscó una mesa. Olía a la laca, el perfume y el sudor de las bailarinas, en realidad el único aroma que adoraba el general.

—Sospecho que las cosas se van a poner interesantes. Desde la muerte de mi amada esposa, creía que había perdido el interés por la vida, pero, Derek, que nadie te engañe, a la vida hay que sacarle todo su jugo. ¿Cuáles son tus aspiraciones? —le preguntó en un tono tan cercano que el joven se quedó paralizado al principio.

Aquella atmósfera cargada de humo le mareaba y notaba en los labios el fuego del alcohol que poco a poco comenzaba a inundarle la sangre.

—Casarme, tener hijos y disfrutar de la familia. Nada muy original. Imagino que para la gente de mi generación son cosas muy aburridas, pero Helene es el amor de mi vida.

El general sonrió. A veces pensaba que su pupilo no tenía ambiciones demasiado mundanas. Encendió un puro y comenzó a saborearlo antes de continuar la conversación. Él también había aspirado a una vida hogareña, una carrera normal y una casa en el campo, pero la ambición había logrado seducirlo un poco más cada vez —mejores puestos y destinos, una villa preciosa a las afueras de Berlín—, aunque en el camino había perdido los valores que le habían enseñado en la academia: patriotismo, lealtad y honradez. Ya nadie creía en ellos y el mundo en el que había nacido ya no existía, pero Derek sorprendentemente parecía vivir aún por ellos.

—¿Por eso te has metido en el ejército? Una buena paga y retirarte joven —comentó el general mientras tomaba de nuevo la copa y la apuraba, como si estuviera intentado olvidar lo que había sucedido un rato antes en la casa de Von Papen. El alcohol, sin embargo, no era suficiente para adormecer su conciencia prusiana.

—Bueno, eso fue una idea de mi padre. Cuando me licencie o me prejubile, seguramente abriré un local de jazz. La música y el deporte son las únicas cosas que me interesan.

El general se quedó mirando a las bailarinas. Sus cuerpos sudorosos transmitían tanta sensualidad que apenas podía dejar de observarlas. Después volvió la vista al joven, que se mostraba inmune a sus encantos. Lo que sentía su ayudante debía de ser el amor verdadero.

—No entiendo a la juventud actual, parece que todo os da igual. Estáis demasiado saciados, aunque puede que tú seas la única excepción.

El joven no respondió. Él tenía sus propias aspiraciones. Formar una familia con Helene se le antojaba la más importante, pero, si para servir a Alemania había que enfangarse en política, prefería quedar en un segundo plano y más adelante retirarse con una buena paga. No le gustaba lo que había presenciado en los últimos meses y, sobre todo, no confiaba en el cabo austriaco. Cada vez que lo había visto un escalofrío le había recorrido la espalda. Parecía llevar el mal impreso en los ojos.

—Mi generación no va a rehacer el mundo, nos conformamos con que no se vuelva a destruir. Intuyo que si... —No se atrevió a pronunciar el nombre de Hitler, como si al hacerlo lo estuviera invocando—. Que si sube al poder, no tardaremos demasiado en comenzar una guerra.

—¿Tú crees? A veces pienso que ese hombre es la única solución para Alemania, y otras tengo la sensación de que puede que se convierta en su perdición.

—No creo nada, pero ya sabemos lo que sucede cada vez que en nuestro país entra el diablo de la guerra —contestó Derek, y sus palabras fueron tan contundentes que hasta el general asintió con la cabeza.

Ya en silencio, Werner von Blomberg se dedicó a disfrutar del resto del espectáculo.

7

El viejo profesor

Berlín, 10 de marzo de 1933

Helene tomó a su gata Kaiser y, después de cepillarle el pelo, se asomó con ella al pequeño balcón que daba a la plaza. Berlín estaba cambiando tan deprisa que apenas podía reconocerlo. Los nazis se habían mantenido algo cautos durante los primeros días de gobierno y la mayoría de la gente se había calmado, como si se trataran de un mal menor, pero, tras el incendio del Reichstag, las cosas se habían acelerado. Para colmo Hitler había ganado las elecciones de primero de mes y había logrado imponer su Ley Habilitante, que le otorgaba plenos poderes para gobernar durante cuatro años.

Las cosas en la biblioteca no iban mucho mejor. La

primera medida del nuevo gobierno había sido congelar todos los fondos y ayudas para proyectos fuera de los centros. Además había llegado una circular de Rudolf Kummer en la que se pedía información muy exhaustiva de todos los miembros del personal de las bibliotecas públicas. Kummer era el nuevo jefe del GAU, el sindicato de funcionarios alemanes de bibliotecas.

Helene estaba hasta arriba de papeleo. Para contrarrestar los avances de los nazis en las bibliotecas públicas, algunos de los bibliotecarios más conocidos habían convocado una reunión secreta en una sala de la Universidad Humboldt de Berlín. Sabía que acudir era muy arriesgado, pero no podía hacer otra cosa. Si todos se cruzaban de brazos, los nazis destruirían el legado cultural de Alemania en pocas décadas. No quería ir sola, así que le pidió a Lena que la acompañase; su amiga era mucho más valiente y decidida.

Dejó a la gata en el suelo y la acarició antes de darle unas instrucciones.

—Pórtate bien, no hagas pipí fuera de la arena y, cuando llegue Derek, hazle un gran recibimiento.

La gata maulló como si se estuviera quejando. Su ama volvió a pasarle la mano por la cabeza con suavidad y Kaiser cerró sus ojos azules para concentrarse aún más en aquel inmenso placer.

Helene se puso la ropa más discreta que encontró. Los «nuevos alemanes» veían otra vez con malos ojos la falda corta, los escotes y los colores vivos. Los locos años veinte habían acabado de forma oficial. Muchos locales cerraban y las personas consideradas indeseables según los nazis, como los judíos, los mendigos y los homosexuales, no salían mucho a la calle o se alejaban del centro; de otro modo, podían terminar en el hospital o en el cementerio.

Lena esperaba en la parada del tranvía. Sonrió al verla, como si hubiera visto un ángel en medio de tanta oscuridad, y después se sentó a su lado.

—Klaus se ha quedado en la biblioteca, hoy no hay mucho trabajo. Además, como se han parado todos los planes con los niños obreros y de alfabetización, solamente acuden a la biblioteca los jubilados, algunos niños que viven cerca y los estudiantes universitarios.

Helene notó una fuerte opresión en el pecho. Las ojeras ya se le marcaban en la bolsa de los ojos y su piel pálida le hacía parecerse a las jóvenes heroínas de las novelas románticas del siglo XIX.

Subieron al tranvía y notaron enseguida un persistente mal olor. Casi todos los viajeros se agolpaban en la parte delantera; al fondo, un hombre estaba vomitando. Pensaron en acercarse para ver si necesitaba ayuda, pero, al ver su abrigo raído, la cara sucia y los zapatos agujereados, se detuvieron.

En la siguiente parada se bajó mucha gente. No podían soportar el hedor a sudor, orín y vómito que ya lo impregnaba todo. En ese momento subieron tres SA con sus ridículos uniformes pardos, esos que, si no fuera por la violencia que los acompañaba, los asemejarían a los eternos repetidores de una escuela. Al ver al borracho, se acercaron a él y uno le levantó el rostro con la porra.

Los brillantes ojos azules del vagabundo lo miraron aterrorizados.

—¿No sabes que la escoria como tú no puede subir en los tranvías? —le preguntó el nazi mayor, tan barbilampiño como el resto, pero con una prominente barriga cervecera.

—He comprado mi billete... —logró argumentar mientras los restos de vómito recorrían su barba rizada y cana.

—¡Eres una vergüenza para nuestra raza! ¡La gente como tú no merece vivir! —exclamó el nazi antes de levantar la porra y darle el primer golpe en plena cara. La sangre del rostro del mendigo estalló y salpicó las botas de los SA.

—¡Mira lo que has hecho! —gritó colérico el jefecillo.

Entonces sus compañeros se unieron a la paliza. El hombre cayó al suelo y se cerró como un ovillo para intentar proteger las zonas más vulnerables de su cuerpo. Sus gemidos y gritos inundaron el tranvía. Helene y Lena dieron unos pasos atrás, pero esta se separó y se acercó a los matones.

—¡Basta ya! —gritó Lena al oído del nazi, que se giró de inmediato, sorprendido por que alguien osara enfrentarse a ellos. Después la sonrió con la boca mellada de dientes amarillos.

—¿Qué ha dicho, señorita? —preguntó con la condescendencia habitual de los nazis hacia las mujeres.

—Lo van a matar, dejen que se apee. Solo es un pobre diablo —dijo intentando moderar su rabia. Sabía de lo que eran capaces aquellos tipos.

Los tres se detuvieron y la miraron como si estuvieran intentando entender lo que quería de ellos. El mayor lanzó una sonora carcajada y los demás lo imitaron.

Helene dio un paso adelante y tomó del brazo a Lena. Sintió como temblaba su amiga y lo fría que tenía la piel.

—¡Déjalo! —le gritó mientras los hombres levantaban las porras contra ella.

En ese momento apareció un hombre que sacó de su bolsillo una identificación y los nazis palidecieron.

—Ya está bien muchachos, buen trabajo. Echad a ese pobre diablo de aquí y dejadlo en paz —dijo el hombre con tal autoridad que los SA no rechistaron.

Los nazis pidieron al conductor que parara y sacaron al vagabundo del vagón a rastras. Lo lanzaron a la acera ante la indiferencia de los transeúntes.

En cuanto el tranvía se puso en marcha, el hombre de la identificación se volvió hacia ellas y les sonrió. Su rostro masculino estaba partido por una cicatriz en el mentón, pero el resto de los rasgos eran perfectos, lo más parecido al prototipo de ario del que hablaban los nazis. Dos hoyuelos se le hundían en las mejillas afeitadas pero marcadas por la mancha de una barba que debía ser espesa cuando se la dejaba crecer.

—Lamento lo sucedido, a veces el exceso de celo pierde a estos muchachos. Mi nombre es Wilhelm Schmidt, de la policía secreta de Prusia.

Las dos intentaron disimular el temor que les producía su salvador, apretaron los labios y pusieron rígida la espalda.

—Gracias —dijo al final Helene para que no parecieran sospechosas. Por dentro notaba el sudor que le recorría la espalda.

—¿Quieren que las acompañe a algún lugar? Las cosas están revueltas por la ciudad. Esos comunistas y socialistas no se resignan a su derrota. Les estamos dando caza y pronto los llevaremos muy lejos de aquí, pero las trifulcas callejeras son constantes. Para conseguir el orden, primero hay que propiciar el caos. —El hombre no dejaba de mirarlas de arriba abajo, pero no de una forma sexual, más bien quería entender quiénes eran y a dónde se dirigían.

—Muchas gracias, pero no hace falta, nos bajamos aquí.

Helene tiró del cordón y sonó la campaña. El vehículo se detuvo y el policía miró por la puerta abierta.

—¿Van a la universidad? Ya les había visto yo cara de estudiosas… ¡Que tengan un excelente día!

Se quitó el sombrero en forma de saludo y las dos mujeres bajaron del tranvía sin decir nada. Se dirigieron a toda prisa hacia la universidad. Lena miró atrás cuando ya el tranvía se había alejado.

—¡Mierda! No sé si no ha sido peor que ese tipo nos salvase. Por un momento he pensado que íbamos a acabar en comisaría.

—Bueno, al menos hemos llegado a tiempo.

Las mujeres atravesaron las dos columnas de la verja de entrada y subieron por las escaleras blancas. Tardaron un rato en alcanzar el aula del sótano, una muy vieja que ya no se usaba para dar clase. A las dos las invadió una cierta nostalgia; en el fondo echaban de menos aquella dulce indiferencia que sentían hacia el mundo cuando aún eran estudiantes.

Al entrar en la sala, se giraron varios hombres. Reconocieron enseguida a Herman Apecy, Alfred Kerr y Ernst Toller, pero al que más ilusión les hizo volver a ver fue a su viejo profesor Christian Vichow.

El anciano, al verlas llegar, abrió los brazos y se acercó a ellas a grandes zancadas, demostrando que aún se mantenía en forma.

—¡Lena y Helene! No esperaba encontrarlas en este contubernio.

El resto de los hombres se volvió y ellas se sintieron un poco intimidadas. Casi no había mujeres bibliotecarias en Alemania y parecían dos notas de color en un tono de grises.

—Profesor Vichow, nos alegra mucho verle aquí. Siempre en la brecha —le dijo Lena, que admiraba al viejo docente desde que lo conoció en el primer año de universidad. Helene se quedó un paso más atrás.

—Venga, Helene, ya me he enterado de la labor de las dos en la biblioteca. Lo que están haciendo es admirable, se necesita más gente con ideas tan buenas.

Los asistentes continuaron con sus corrillos y llegó otra docena de bibliotecarios. Al cabo de un rato, Herman Apecy se sentó en una mesa con Alfred Kerr y Ernst Toller para dar inicio a la reunión.

Helene y Lena se acomodaron al lado del viejo profesor, que seguía casi igual a como lo recordaban. Las arrugas ya le ribeteaban los ojos verdes y en sus mejillas regordetas la barba era blanca por completo. Sabían que su esposa había fallecido dos años antes y que lo único que le quedaba era la enseñanza, aunque eso también peligraba en ese momento: Christian era de los docentes que no estaban dispuestos a realizar ningún juramento a Hitler.

—Imagino que conocen el motivo de la reunión. Sabemos que Rudolf Kummer está haciendo una lista para purgar las bibliotecas públicas de Alemania; después hará algo parecido con las privadas. Los que no sean miembros del partido, tengan un pasado político de izquierdas, una gota de sangre judía o no les gusten a los nazis perderán su empleo y sueldo —comentó Herman Apecy, mientras la indignación crecía en medio de la sala y los murmullos opacaban sus palabras.

La luz era tenue. A un lado había sillas y mesas acumuladas. Olía a polvo de biblioteca y barniz, pero nadie parecía percatarse de ello; los presentes tenían todos los sentidos concentraros en las palabras del bibliotecario, hasta que Alfred Kerr tomó la palabra.

Kerr era un prestigioso escritor, además de bibliotecario. A pesar de su avanzada edad, era un referente para todos sus compañeros y uno de los opositores intelectuales más reconocidos contra el nazismo.

—Seamos realistas. La mayoría de los que estamos aquí ya podemos considerarnos fuera de la red pública de bibliotecas. Imagino que la purga se extenderá mucho más, porque esos fanáticos no dejarán de encerrar o intentar expulsar del país a todos los que consideren peligrosos. Lo único que nos queda por hacer es solicitar al presidente Hindenburg que frene la medida, pero, además de senil, el viejo militar siempre ha odiado los libros. Por lo que no confió mucho en esta petición a la desesperada.

El silencio reinó por primera vez en la sala. Se escuchaban hasta los pasos de los transeúntes por las ventanas superiores, las únicas que vertían algo de luz en la destartalada aula.

—¡Pero algo habrá que hacer! —dijo Lena.

Helene la miró con cierta admiración y envidia, no lograba superar su timidez en las reuniones multitudinarias. Derek solía decirle que hablaba muy bien en público, pero seguían pesando en su mente las palabras de su madre, que le exigía que siempre fuera perfecta y prudente.

—Claro que algo habrá que hacer, señorita... —contestó Alfred con el ceño fruncido.

Helene miró a su amiga y decidió que era el momento de apoyarla.

—Soy Helene Nathan, la directora de la Biblioteca Berlín Neukölln. Estoy aquí con mi compañera para revindicar que se vuelvan a dar las ayudas a la alfabetización y a las bibliotecas itinerantes de barrio, y también para impedir que esa lista sea publicada y nos echen a todos. Si es necesario, tendríamos que ir todos los bibliotecarios y empleados públicos a las puertas del edificio de gobernación. Cuando la gente sepa lo que sucede...

—No hará nada —contestó Alfred—. No olvide que ese monstruo ha ganado en el Parlamento y que todos los partidos conservadores se han postrado a sus pies. El ejército por ahora le apoya, y también el presidente. ¿Qué podremos conseguir con una huelga? Se lo diré yo: nada. Ellos controlan el sindicato y además les daremos una excusa para que nos echen por traidores o lo que se les ocurra. Los nazis lo hacen todo de forma engañosa. Además están más divididos de lo que parece. Mandaremos una comisión para que hable con Alfred Rosenberg, ese fanático al menos tiene algo de formación.

—Rosenberg es el peor de los antisemitas y uno de los pocos pensadores nazis. Y aun así no hemos prohibido sus libros en la biblioteca —se quejó Lena. Aquella le parecía la peor idea del mundo, pero la libertad debía estar por encima de todo.

—La única salida es salvar lo que se pueda —concluyó Alfred antes de disolver la reunión.

Las dos jóvenes estaban indignadas. Se despidieron de su viejo profesor y salieron de la sala sin saludar a nadie más.

Al atravesar la plaza vieron a Derek, que había quedado en ir a buscarlas en su nuevo automóvil. El joven les hizo una señal con la mano y subieron a toda prisa, porque los coches comenzaban a tocar el claxon. Las luces de las farolas se encendían mientras la noche acechaba más inquietante que nunca sobre Berlín. Helene quiso pensar que la mayoría de la gente no estaba con los verdugos, aunque en eso también se hallaba profundamente equivocada.

8

Escapando de la esvástica

Berlín, 1 de abril de 1933

La biblioteca estaba más apagada que nunca. Era de nuevo el lugar silencioso y aburrido que se había encontrado cinco años antes, cuando la nombraron directora, pero esta vez le resultaba aún más difícil de sobrellevar.

El amor de Helene por los libros despertó de niña y la había acompañado desde entonces. Sus padres eran grandes lectores, pero quien la animó más a leer fue su abuela materna. La familia de Maria, su madre, no había aceptado de buena gana que se alejase del judaísmo —la mayor parte le había dejado de hablar y su padre solo lo hacía cuando estaban en privado—, pero la abuela Anna era una mujer rebelde a su manera.

Nunca había abandonado la fe judía, aunque criticaba el machismo de los rabinos ortodoxos. Leía la Torá y los escritos rabínicos más conocidos, pero también libros de gentiles, en especial novelas. La abuela Anna le había descubierto a los escritores rusos y franceses, además de los ingleses, belgas y españoles.

Aquella tarde la llamó por teléfono. Allí, rodeada de libros y sola, parecía tenerla todo el rato en mente.

—Abuela...

—Hola, querida niña. Me alegra tanto escuchar tu dulce voz. En medio de los gritos y las canciones de esos borrachos comesalchichas, oírte es como un bálsamo para mí.

Le extrañó el comentario de su abuela. Estaba cada vez más preocupada por su familia, que seguía viviendo en el viejo barrio judío de Berlín en el distrito de Mitte, alrededor de la Oranienburger Strasse. No querían dejar de acudir a la nueva sinagoga; actuaban como polillas atraídas hacia su inmensa cúpula dorada, que pugnaba por demostrar la fuerza de la comunidad judía en la ciudad.

De pequeña, cuando visitaba el barrio judío, se sentía fascinada, era como adentrarse en un lugar exótico de Oriente Próximo. Pero el barrio había perdido ya esa esencia y lo único que destacaban eran los letreros de las tiendas en yidis y los trajes de los judíos ortodoxos, con esa estética mezcla de caballero del siglo XIX y árabe del desierto.

—¿Ha pasado algo? —preguntó preocupada, mientras aguantaba el teléfono con la barbilla para seguir poniendo sellos en los libros.

—Bueno, niña, ¿no te has enterado? Esos nazis han intentado boicotear todos los comercios judíos de la ciudad, no sé si del país entero. Esta mañana, cuando he salido a comprar, dos soldados estaban delante de la tienda de telas de Abraham y solo permitían la entrada a compradores judíos. Yo me he parado delante, quería ver hasta dónde se atrevían con una pobre vieja. Les he debido parecer muy aria... —dijo entre risitas—, porque no me querían dejar pasar. Me he enfadado mucho con ellos y los he regañado preguntándoles si su madre no les había enseñado modales con una vieja dama. Se han puesto rojos como un tomate y me han abierto incluso la puerta.

Helene comenzó a reírse a carcajadas, y en ese momento se dio cuenta de cuánto tiempo llevaba sin hacerlo. Hasta la risa le estaban robando esos extremistas.

—Querida abuela, no vuelvas a hacer algo así.

—¿Qué le puede pasar a esta vieja? He tenido una vida larga y agradable con el cabezón de tu abuelo. Cuando nací, no existían los coches ni la electricidad, tampoco los aviones o el teléfono, pero éramos mucho más felices. Tu madre iba a la escuela caminando con sus amigas y nadie se metía con ellas por ser judías. ¿Para qué sirve tanta tecnología si el ser humano parece más primitivo que nunca? Lo que le falta a este mundo es amor, como decía el rabino: «El odio no se apaga con más odio, sino con amor y compasión». El *sinat jinam*, el odio gratuito, nos destruirá a todos.

Su abuela era toda una maestra de la Torá, se dijo mientras observaba cómo Derek se acercaba a su mesa.

—Te dejo, abuelita, prometo ir pronto a verte —dijo emocionada al ver a su novio, que llevaba unos días muy ocupado.

—No tardes mucho y no olvides que «cada día que pasas aquí es una oportunidad para dejar algo eterno en el corazón de los demás», como le gustaba decir a Hillel el Anciano.

—Un beso, te quiero.

En cuanto colgó el teléfono, toda su atención se centró en su querido novio. Aprovechando que estaba casi vacía la biblioteca, le dio un beso fugaz.

—¡Cuánto te he echado de menos! —exclamó con los brazos alrededor de su cuello.

Se volvieron a besar y él exhaló un largo suspiro.

—Cada vez me cuesta más trabajar con mi general, odio estar rodeado de toda esa gente. Es como si desprendiesen un pestilente aroma a muerte —dijo con una expresión de tristeza.

Ella le acarició el rostro y se detuvo en sus ojeras profundas; era como si los nazis estuvieran apagando la luz del hombre más brillante que había conocido.

—Ahora estamos juntos y queda poco para la

boda. Mientras permanezcamos uno al lado del otro, el mundo puede desaparecer a nuestro alrededor. Compraremos una cabaña en medio de un bosque cercano a los Alpes y viviremos allí entre libros y animales. Tú saldrás a cazar, cultivaremos un huerto y tendremos una pequeña granja que llenaremos de niños rubios como tú y pelirrojos como yo.

—Me parece la mejor idea del mundo —admitió Derek más sonriente. Después comenzó a olfatear—. Huele a algo muy fuerte.

Ella señaló las estanterías y después le tomó la mano.

—Ya hemos barnizado todo y hemos reclasificado cada libro, también las secciones, y por si acaso…

Helene se detuvo frente a una estantería y apartó unos libros. Giró una pequeña manivela y la estantería se movió hacia dentro hasta abrir un hueco. La bibliotecaria dio la luz y quedó iluminado un cuarto secreto repleto de libros.

—¿Qué es esto? —preguntó boquiabierto.

—Es mejor que nos adelantemos a los acontecimientos. Hemos protegido algunos libros que pueden estar en peligro. Dicen que van a elaborar listas de libros prohibidos. No han llegado aún, pero hemos metido aquí las obras de filósofos como Marx, Engels y otros, además de las novelas de significados escritores judíos que muy pronto tendrán que abandonar el país.

Derek asintió con la cabeza.

—Pues el boicot contra los comercios judíos ha sido un fracaso. El pueblo no está tan sometido como parece. Los nazis se han dado cuenta de que tienen que ir con pies de plomo y que la población puede volverse en cualquier momento contra ellos. Los militares tampoco están demasiado contentos con todos esos matones de las SA metiendo miedo a la gente decente. Quieren reunirse con Hindenburg, pero Hitler ha desplegado alrededor de él una especie de cinturón de protección. Werner von Blomberg desconfía cada vez más de él y quiere que intentemos ver al viejo presidente, pero es una misión muy peligrosa.

Helene abrazó a su novio. Después abandonaron la habitación y recorrieron los pasillos para que los pocos usuarios salieran.

—Me has dejado un poco inquieta, creo que sería mejor que abandonases el ejército.

Él la miró muy serio y se cruzó de brazos.

—Que esté en el ejército es ahora mismo lo único que nos protege. Los nazis van a ir a por ti, ¿no lo sabes?

—Eso no me preocupa —contestó muy seria.

Iba apagando las luces para que los libros de los estantes fueran descansando de una jornada más de expectativas incumplidas. La vida de un libro era monótona y aburrida, siempre esperando a ser abierto, hasta que alguien se acercaba sigilosamente y separaba sus páginas, dejando que la luz las iluminará de nuevo.

—Tenemos que ser prudentes... Pasa desapercibida y no te metas en líos. ¿Me lo prometes?

Helene no abrió la boca. Aunque en el fondo no sabía qué debía responder, tampoco podía asegurar algo así.

De repente escucharon que alguien golpeaba la puerta con fuerza y se asustaron. Al principio no lo reconoció, tenía los ojos hinchados y la barba cubierta de la sangre que manaba de su nariz rota.

—¡Profesor Christian! ¡Pase, pase! —exclamó mientras le metía dentro y miraba a un lado y al otro.

Vichow se sentó medio mareado en una silla. Olía mal, como si se hubiera orinado encima. Aquel hombre tan pulcro y con aspecto de caballero anticuado había desaparecido por completo.

—¿Qué le ha sucedido? ¿Quiere un vaso de agua? —preguntó el joven. El anciano asintió con la cabeza.

Helene comenzó a examinar las heridas y corrió a por el botiquín. Regresó con alcohol, algodones y una venda.

El profesor bebió el agua con avidez, dejando que se le escurriera un poco por la comisura del labio roto. Helene le limpió las heridas. Christian daba pequeños respingos de dolor, pero al rato se sintió aliviado. Lo que no podían solucionar era su ropa manchada de sangre y de alguna sustancia que parecían haberle arrojado por encima. Olía a huevos podridos.

—Mira si hay alguna chaqueta y una camisa en la

parte de atrás. A veces Klaus tiene ropa de recambio en la taquilla.

Derek regresó con las prendas y le ayudaron a cambiarse. Tenía el cuerpo cosido de moratones y el rostro contraído como si le doliera cada fibra y cada músculo. Cuando se puso al fin la chaqueta, pareció que su ánimo se recuperaba un poco.

—¿Qué le ha pasado? —insistió Helene.

—Esta mañana en clase hablé en contra del boicot, aunque la mitad de los jóvenes que asisten van ya con su uniforme de las SA, como si fueran escolares. No dejaron ni que terminara la clase; se acercaron y comenzaron a pegarme sin mediar palabra, y después me lanzaron huevos podridos.

—¿Qué hizo el resto de los alumnos? ¿Los bedeles y los profesores se quedaron también de brazos cruzados?

—El decano me dijo que era mejor que me marchase antes de que me mataran y que renunciara a mi plaza. Que me llegaría una jubilación anticipada, lo mejor para todos según él. Sus ojos parecían tristes, pero su voz sonaba firme, como si alguien le estuviera observando.

—Lo siento mucho —dijo Helene sentándose a su lado y pasándole el brazo por la espalda. Vichow rompió a llorar, pero sus gemidos se confundían con su pesada respiración al tener la nariz rota.

—No puede regresar a casa, es peligroso. Esos fanáticos son capaces de cualquier cosa y actúan con total impunidad. Venga con nosotros.

Derek echó una mirada a su novia. No podían ponerse en peligro de esa manera.

—Acerca el coche hasta la puerta. Será mejor que no nos vean salir.

Obedeció a regañadientes, pero en un par de minutos había aparcado el pequeño Mercedes en la entrada. Sentaron al hombre detrás y después se dirigieron a casa de Helene.

—No me fío del portero, tendrás que entretenerlo mientras meto al profesor por la escalera de servicio.

Los nazis habían extendido su red de espías por todas partes. El viejo Sebastian era un hombre engreído que creía que su uniforme de conserje era en el fondo el de un general prusiano. Todos los días se veían sobre su mostrador los periódicos nazis. En ese momento ya no había casi periodistas que osaran enfrentarse o criticar a Hitler y sus gánsteres.

Llegaron a la plaza y aparcaron un par de metros antes de la puerta principal. Derek entró y se quedó hablando con el conserje, que lucía su recién cortado bigotito a semejanza del de su líder.

—Pues me extraña. ¿De verdad no ha llegado ningún paquete a mi nombre?

—No, señor, imagino que llegará mañana —contestó el conserje, algo sorprendido de que el oficial intercambiara más de dos palabras con él.

Mientras tanto, Helene introdujo a Christian Vichow en el edificio por la puerta de servicio y subieron los dos en el montacargas. Al poco rato llegó Derek y se dirigió al salón, donde estaba el pobre profesor tomando un té para recomponerse.

—¿Cómo hemos llegado a esto? —preguntó Derek, aunque en realidad era una reflexión en voz alta.

—El miedo engendra el odio, y el que domina la palabra es capaz de causar un incendio en la mente de las gentes simples. Los alemanes están hartos de inestabilidad, de inflación y de humillaciones. Ese austriaco les ha prometido que serán un pueblo fuerte de nuevo. Una vez escuché uno de sus discursos en directo; tenía que hacerlo para conocer bien su mensaje. Me asusté cuando me di cuenta de que había logrado seducirme. A mí, que conozco los secretos de la oratoria y la homilética, que vengo de una larga tradición de pastores luteranos y teólogos.

Las palabras del anciano parecieron revolotear por el salón en penumbra, solo vagamente iluminado por las farolas de la plaza.

—Muy pronto sus esvásticas lo llenaran todo, con ese color de sangre y esa runa invertida que conducirá el mundo hacia el mal. Lucharé hasta mi última gota de sangre contra él —dijo exaltándose con el puño en alto hasta que sus músculos doloridos se resintieron.

—Cálmese, por favor. Estas paredes son de papel —dijo Derek, que no quería que los tres acabaran en el edificio de la policía que estaba creando el cerdo de Göring. Por lo que tenía entendido, quería ponerle el nombre de Gestapo.

—Lo siento —se disculpó Vichow. Tomó entonces todo el té hasta acabarlo.

—Tenemos que sacarlo del país.

—No. Me niego —contestó a su antigua alumna.

—Hará más bien fuera que dentro. Ya ha perdido su cátedra, pero en Polonia o Dinamarca podrá denunciar lo que está sucediendo. De esa forma se ejercerá más presión sobre Hitler y su camarilla.

El anciano resopló, como si no se creyera que un viejo como él pudiera hacer algo para cambiar las cosas, además de sacrificarse en el altar del conocimiento.

—Hitler es admirado por muchos. Se están creando partidos afines al suyo y al fascista por toda Europa. No podremos parar esta ola, tendremos que esperar a que pase, aunque me temo que lo dejara todo asolado. Ya soy viejo y, cuando se sufre mucho, uno le toma gusto a la desesperación, como si el alma se acostumbrara a la tristeza. Prefiero morir en Alemania que vivir fuera de ella —contestó tajante el profesor, pero Helene sabía que en ese momento no se encontraba en sus cabales. Estaba en estado de shock y lleno de magulladuras.

—En cuanto se vaya el conserje, bajaremos y nos dirigiremos a la frontera con Polonia. En Varsovia, el profesor tiene muchos amigos. Le dejaremos en un tren con dinero. ¿Lleva el pasaporte encima?

El profesor parecía resignarse poco a poco. Les enseñó el pasaporte, que siempre llevaba consigo desde que Hitler llegó al poder. Aunque siempre decía que no se iría de Alemania, cada día que pasaba se sentía más inseguro.

—Muy bien.

—Pero ¿qué sucederá con mi casa y mis cosas? ¿Qué harán con mis libros esos salvajes?

—Yo intentaré salvar lo que pueda y le enviaré sus efectos personales a Polonia cuando todo se tranquilice —le prometió su alumna, que después le dio un abrazo.

Salieron a medianoche por las tranquilas calles de Berlín. Temían encontrarse en cada esquina con una patrulla, pero la humillación del fracaso del boicot había obrado el milagro: los SA que no estaban bebiendo en las tabernas se habían ido a sus miserables casas a lamerse las heridas.

A medida que el coche abandonaba las calles iluminadas del centro y se adentraba en los barrios más populares, los tres se comenzaron a relajar. El profesor se quedó dormido en el asiento de atrás; escuchaban su descompensada respiración. Los focos iluminaban los frondosos bosques y los campos de cultivo que salpicaban la carretera a ambos lados. De vez en cuando cruzaban algún pueblo, pero el mundo parecía más apacible y seguro lejos de Berlín. A lo mejor alejarse de todo no era una mala idea. Los jóvenes únicamente poseen un tesoro que los convierte en ricos, las dudas, porque mucho peor son las certidumbres de los que saben que ya no harán nada con su monótona y anodina vida.

9

La lista secreta

Berlín, 11 de abril de 1933

Helene tenía grabadas en la memoria las últimas palabras de su viejo profesor. Lo dejaron a las cuatro de la mañana en una estación solitaria de Polonia. Lograron atravesar la frontera sin muchos problemas, ya que los soldados somnolientos apenas les hicieron caso cuando les informaron de que su anciano amigo tenía cita con un especialista en Varsovia por una grave enfermedad.

«No permitas que ese Rudolf Kummer se salga con la suya. Encuentra la lista y envíala a Hindenburg, y después advierte a todos los que estén en ella para que puedan escapar si creen que su vida corre peligro», le había dicho Christian Vichow.

Su viejo profesor había depositado una dura carga

sobre ella. No se consideraba una heroína, aunque sin saberlo se negaba a ser lo que era, simplemente humana, y eso le dotaba de una libertad infinita y una dignidad absoluta. Su abuelo paterno siempre le decía que ser un hombre era saber elegir entre la complacencia y la acción. Ignoraba de dónde había sacado tal idea, ya que el viejo diplomático no era un filósofo, sino un hombre de acción.

Mientras jugueteaba con el lapicero en su despacho, Lena entró sin llamar, como siempre.

—¿En qué piensas? Llevas unos días taciturna —le preguntó su amiga, que la conocía muy bien—. ¿Problemas con el príncipe prusiano?

—No, tonta. Siempre estás con lo mismo.

—¿Seguro que quieres casarte con un tipo que lleva un cuerno en el casco?

Las dos se echaron a reír. Después su amiga se sentó y la miró fijamente a los ojos.

—No me voy a ir hasta que no me cuentes lo que te pasa.

Suspiró hondo y le pidió que cerrase la puerta del despacho.

—Llevé a Christian Vichow hasta la frontera de Polonia. Le habían dado una paliza de muerte. No quise contarte nada para no ponerte en peligro, saber demasiado en estos tiempos es peligroso.

La mujer frunció la nariz y se cruzó de brazos, después de sentarse más derecha.

—¡Lo siento!

—No hay secretos entre nosotras, nos hicimos amigas el primer día de clase. Me acuerdo de que me contaste tus sueños y pensé que estabas loca, pero luego comprobé que era así y desde entonces te he seguido en todas tus locuras quijotescas. No eres muy diferente de todos esos autores que amas. Los escritores son almas solitarias en busca de la felicidad, empeñados en crear mundos imaginarios porque este no les gusta. Tu eres exactamente así, pero como guardiana de toda la memoria que los autores han regalado al mundo —comentó en un estado de gracia que dejó sin palabras a su amiga.

—Nunca me habías dicho algo así, gracias. Siempre he pensado que era una bibliotecaria de barrio sin más.

—¿Sin más? ¿Sabes cuántos niños se han vuelto a sus casas con los ojos brillando, deseosos de sumergirse en las aventuras que les has recomendado, cuántos ancianos no han dormido solos una noche más, apoyados en los libros que les diste? Todavía me acuerdo de Mario, el obrero de origen italiano que era analfabeto y al que enseñaste a leer en alemán: sentía que le habías abierto los ojos, como en uno de esos milagros de Jesús del Nuevo Testamento que me contaban en la iglesia cuando era niña. ¡Eres pura luz! Pero a veces no te soporto. ¿Me puedes contar de una vez qué te dijo el viejo Christian?

Helene comenzó a mordisquear el lapicero como

cuando era niña. Era un gesto que repetía cuando estaba nerviosa. Llevaba días pensando en cómo organizar un plan, pero lo que no quería era poner a más gente en peligro.

—Me queda algo más de dos meses para la boda. Debería estar centrada en eso, como dicen mi madre y mi futura suegra, pero ¿cómo puedo pensar en una boda en un momento como este?

—Todos estamos poniendo en pausa nuestra vida, no sabemos lo que va a pasar. A veces creo que nos van a echar a todos.

—Bueno, tú eres aria, nunca has militado en un partido político y tienes un hermano en las SS —dijo Helene sin medir sus palabras. Era una de las cosas que peor llevaba su amiga.

—¡Ese no es mi hermano! Casi toda mi familia votó a los nazis y eso que antes todos eran socialdemócratas. ¡El mundo se ha vuelto loco de remate!

Helene se levantó para cerrar la puerta y después se sentó en el filo de la mesa. Le contó brevemente lo sucedido y después le espetó directamente:

—He pensado ir al despacho de Rudolf Kummer y hacerme con la lista. Creo que tiene una oficina en la biblioteca central, en la misma planta de Hugo Andres Krüss.

Lena se quedó petrificada.

—¿Crees que eres Mata Hari? —contestó negando con la cabeza.

—No, pero alguien tiene que hacerlo. ¿Te apuntas o no?

Lena repiqueteó los dedos en la mesa, como si estuviera pensado.

—Creo que no hay nada mejor que meterme en una nueva locura con mi amiga del alma —contestó con una de sus medias sonrisas.

Las dos amigas sentían que lo único que les hacía falta para superar cualquier prueba era ponerse en sintonía con el destino, pero a veces este nos es esquivo.

Helene decidió no decirle nada a su novio. Sabía lo arriesgado que era entrar en unas oficinas públicas y robar un documento oficial, mucho más en aquella nueva Alemania en la que las consecuencias de cualquier acto podían conducir al internamiento en un campo de concentración sin juicio previo o directamente a la muerte. Ya tendría que contar con él para que entregase el documento al presidente Hindenburg o a sus colaboradores más cercanos.

Lo primero que debían conseguir era una excusa para entrar en las oficinas. Lena le comentó que tal vez podían argumentar que necesitaban recuperar los fondos para sus proyectos y solicitaban una reunión con Hugo Andres Krüss. Después Helene pediría permiso para ir al baño y, mientras su amiga entretenía al jefe de bibliotecas, podría hacerse con la lista, fotografiarla y regresar rápidamente al despacho de Krüss antes de que nadie se diera cuenta. En principio parecía un plan sencillo, pero las cosas sobre el papel siempre se perciben más fáciles de lo que en realidad son.

Unos días después de solicitar la reunión, recibieron la respuesta afirmativa. Las dos mujeres se vistieron con sus mejores galas para dar una buena impresión.

Aquel día tomaron un taxi que las dejó en la entrada de la Biblioteca Estatal de Berlín, una de las más impresionantes de Europa. La increíble madre de todas las bibliotecas alemanas tenía una colección irrepetible de libros raros, manuscritos y documentos históricos de un valor incalculable.

Helene y Lena no pudieron menos que detenerse ante la majestuosa fachada. El edificio era relativamente nuevo, apenas diecinueve años, pero parecía arrancado de la antigüedad clásica. En el interior, una gran sala circular proporcionaba un halo de magnificencia con la que Alemania había querido mostrar su unificación. Aquel templo a la lengua de Goethe, Kant y Schiller, no obstante, era en ese momento una institución al servicio de la propaganda nazi.

En la recepción les pidieron su identificación, y una amable secretaria vestida con falda de tubo y blusa blanca con encaje, que parecía más una valkiria que una bibliotecaria, las acompañó por la escalinata y varios pasillos hasta llegar a la puerta del despacho de Hugo Andres Krüss.

—Perdone, señorita. ¿Está el señor Rudolf Kummer en su despacho? Era para ver si podíamos saludarle.

La mujer las observó con desconcierto, como si le costase salir de su rutina.

—No lo sé, la verdad es que pasa la mayor parte del tiempo en Múnich. Tengo entendido que no le gusta mucho el bullicio de Berlín.

La mujer se acercó a una puerta cercana y llamó. Después la abrió y comprobó que no había nadie.

—No está, lo lamento —se disculpó la mujer mientras regresaba a la gran puerta del despacho de su jefe y daba unos ligeros toques. Acto seguido, las hizo entrar.

—Herr Krüss, las señoritas Helene Nathan y Lena von Bülow —dijo la secretaria al tiempo que las dos mujeres tendían la mano al jefe.

—Encantado de conocerlas... Estoy informado de que están haciendo una excelente labor en su biblioteca. Por favor, siéntense. —El hombre sonrió, tenía aspecto de ser amigable y atento. Solo le habían visto de lejos en alguna reunión oficial, pero en las distancias cortas parecía tan amable como cuando se encontraba sobre un estrado.

—Muchas gracias por recibirnos con tanta prontitud. Imagino que está muy ocupado —comentó Helene con su mejor sonrisa. Su madre siempre le decía que una cara feliz es la mejor tarjeta de visita.

—Sí, pero ustedes son las venas de la cultura de esta ciudad, y necesitamos que la información fluya para que Berlín esté viva. Lo que más lamento de mi trabajo, aunque sé que soy un verdadero privilegiado, es que apenas paso tiempo con los libros —dijo mientras miraba una estantería grande que estaba en una de las paredes. Después se levantó y extrajo algunos volúmenes para enseñárselos—. Por eso tengo algunas obras aquí, para deleitarme cuando el peso del trabajo me agobia.

Las dos mujeres se acercaron y observaron el primer volumen. El bibliotecario se puso unos guantes.

—Este es uno de los manuscritos de los cuentos de los hermanos Grimm. Para mí siempre es un placer echarle una ojeada; la letra es endiablada, pero sin duda es un gran tesoro de la biblioteca.

El hombre dejó el libro en la estantería y tomó otro mucho más grueso.

—¿Han visto alguna vez una Biblia de Gutenberg original? Aquí tienen una de 1454, con ella empezó todo. El invento es de los chinos, pero Gutenberg hizo que los libros fueran más asequibles y estuvieran al alcance de gente que no viviera en los monasterios. Podría seguir todo el día con los papeles de Humboldt, Johann Sebastian Bach, Beethoven o Martín Lutero, pero ya se habrán hecho una idea.

—¡Es fascinante! —exclamó Lena, emocionada.

Regresaron a sus asientos y el hombre se tocó la barbilla esperando a que las dos mujeres le contasen el motivo de su visita.

—Bueno, como sabrá, se han congelado todas las ayudas para la alfabetización y el proyecto de llevar los libros a los barrios obreros. Sabemos que el nuevo gobierno tiene un fuerte apoyo en esos barrios e imaginamos que estará deseoso de reanudar dichos proyectos —comentó Helene, que, además de buscar la lista, esperaba recuperar los fondos perdidos de su biblioteca.

El hombre hizo una larga pausa y se recostó en su butaca de piel. Después miró al ventanal como si estuviera pensando la respuesta.

—Naturalmente que esos fondos volverán, pero primero tenemos que hacer limpieza. Nos hemos encontrado con muchos ejemplos de bibliotecarios que han usado esos programas para adoctrinar a la gente en su ideología política. Sabemos que no es su caso, pero, hasta que los inspectores acaben con el cribado, tenemos que paralizarlo todo. Espero que comprendan la situación. El Gobierno lleva poco tiempo en el poder, pero tiene enemigos poderosos. Para recuperar la fuerza y el espíritu alemanes debemos antes hacer algunos sacrificios.

—Lo entendemos —dijo Lena, que así dio pie a que su amiga se excusara para ir al baño.

—Disculpe, herr Krüss. ¿Podría utilizar el escusado?

—Naturalmente. Salga y a la derecha verá una puerta; después verá otras dos: una es para damas y otra para caballeros.

Helene se levantó con cierta torpeza y salió al pasillo, comprobó que no había nadie a la vista y se introdujo rápidamente en el despacho de Rudolf Kummer. Afortunadamente no era muy grande: un escritorio vulgar, dos archivadores y una estantería casi vacía.

Se dirigió a los archivadores, pero no había gran cosa, salvo algunas fichas de personal nuevo que la Gestapo y las SS estaban intentando introducir en el sistema para controlar las bibliotecas. Se dirigió al escritorio y comprobó que un cajón estaba cerrado con llave. Buscó algo para forzarlo, como había tenido que hacer mil veces con el suyo cuando se olvidaba las llaves. Utilizó al final un cortapapeles y logró abrirlo.

—¡Bien! —exclamó de alegría, y después se tapó la boca por temor a que alguien la hubiera oído. Revisó los documentos y, en el interior de una carpeta de cartón gris, encontró la lista—. ¡Eureka!

Sacó una pequeña cámara y fotografió las hojas lo más rápido que pudo. Después lo guardó todo en el cajón y se dirigió a la puerta. La abrió y, cuando había dado solo un par de pasos en dirección al baño, escuchó una voz a su espalda.

—Señorita, ¿le puedo ayudar?

Helene se quedó petrificada. La voz era masculina y había resonado en el pasillo abovedado.

—Estaba buscando el baño.

El hombre la observó detenidamente. Estaba llegando a la mediana edad, pero su rostro reflejaba una energía endiablada, sobre todos sus brillantes ojos azules.

—¿Es usted la señorita Helene Nathan?

La joven se quedó paralizada, no sabía qué contestar. El hombre sonrió y eso hizo que la bibliotecaria se relajara un poco.

—Bueno, sí... Hemos venido a ver al jefe de bibliotecas.

—He leído sobre su labor, sin duda admirable, y sé que no ha sucumbido a los intentos del partido comunista del barrio por atraerla a su órbita.

—No me gusta la política —se precipitó a decir, pero cuando intentó rectificar el comentario ya era demasiado tarde.

—Permítame que me presente, soy Rudolf Kummer. Ahora presido el sindicato de bibliotecarios. Tenemos una asamblea en unos días, espero que pueda asistir.

—Será un placer —mintió Helene, a sabiendas de que no se le daba muy bien hacerlo.

—¿Su apellido es judío? —preguntó el hombre con una sonrisa maliciosa.

—Mi apellido es Weber, pero lo cambié en honor a mi abuela, que fue la que me ayudó a amar la literatura.

—Un bonito detalle... Pero no la entretengo, vaya a ver al jefe.

Después hizo un saludo marcial y se metió en su despacho.

Helene se quedó paralizada un instante, no estaba segura de si le había visto salir o simplemente habían coincidido en el pasillo. Abrió la puerta y entró en el despacho de Krüss. Debía de estar pálida, porque ambos le preguntaron si se encontraba bien.

—Sí, me he mareado un poco —contestó. Y no le faltaba razón.

—Ya me ha dicho herr Krüss que hará todo lo posible para que nuestros programas se pongan de nuevo en funcionamiento —dijo Lena mientras se levantaba de la silla.

—Pues no le molestamos más, muchas gracias por recibirnos —añadió Helene y le tendió la mano. La tenía helada y sudorosa, pero intentó que al menos no le temblase.

—Un placer conocerlas en persona. Y un consejo, señorita Nathan: vuelva a ponerse el apellido de su padre, los apellidos judíos no están bien vistos en el nuevo Reich.

—Gracias —dijo Helene intentado disimular una vez más la incomodidad.

En cuanto salieron del despacho, la mujer soltó un suspiro profundo.

—¿Qué ha pasado? —preguntó su amiga mientras caminaban por los pasillos fríos y solitarios.

—Nada, hablamos fuera.

En cuanto llegaron a la plaza, Helene se apoyó en un árbol, como si se fuera a desmayar. Le contó su conversación con Kummer y después añadió:

—Tengo la lista, gracias a Dios, pero tengo también la sensación de haberme visto cara a cara con el mismo diablo.

10

La quema

Berlín, 10 de mayo de 1933

Helene aún no había encontrado el momento para hablar con Derek sobre lo que había robado. Al principio no sabía dónde revelar las fotos sin levantar sospechas, y al final un amigo de Lena las ayudó. Pero también tenía ciertas dudas sobre qué hacer con la información. No estaba segura de que el presidente Hindenburg tuviera la capacidad de cambiar nada debido a su estado físico y mental. Pensó que lo mejor era entregar la lista a Herman Apecy y Alfred Kerr para que ellos intentaran hacer llegar una copia al ejército y advertir a todos los que estaban incluidos en ella.

Se sorprendió de no figurar entre los bibliotecarios que iban a ser expulsados del cuerpo de la administración pública, pero podía tratarse de una primera purga que precedería a otras más exhaustivas. No era un caso aislado en la historia de Alemania ni del mundo, aunque sin duda era la más grande de todos los tiempos, ya que incluía a todo tipo de funcionarios y servicios públicos. Además, se expulsaba a la totalidad de la comunidad judía y sus descendientes directos de la administración alemana por primera vez desde que, a finales del siglo XIX, se hubieran eliminado las últimas leyes antisemitas.

Esa mañana se despertó más pronto de lo habitual. Tenía una reunión con el equipo; al parecer, el jefe de bibliotecas había cumplido su promesa y regresaban los fondos para todos los programas. Ahora les tocaba a ellos coordinar los diferentes proyectos.

Kaiser se había levantado algo malita. Su jovialidad y energía habían desaparecido por completo.

—¡Mi pobre gatita! —exclamó mientras la metía en una cesta entre mantas y la llevaba a la casa de su vecina de rellano. La señora Smith, viuda desde hacía más de dos décadas, adoraba los animales.

Tocó el timbre un par de veces hasta que la dulce anciana abrió.

—Querida señora Smith, tengo que irme a trabajar. ¿Sería tan amable de cuidar a mi gata?

La anciana apartó un poco la manta y acarició al animal, que mantenía los ojos cerrados.

—A veces, el principio de la primavera sienta mal a

los animales, también a las personas. Yo tengo una alergia terrible, por eso apenas salgo a la calle. El parque está tan hermoso en esta época, pero lo que adoran mis ojos parecen abominarlo mis fosas nasales —comentó la mujer con su habitual sarcasmo. Estuvo casada con un famoso intelectual, respetado por todos por su compromiso con la democracia, pero una neumonía se lo había llevado muy pronto.

—Lo lamento mucho —comentó Helene mientras se cambiaba de mano la pesada cesta.

—Pase, querida —dijo apartándose del quicio de la puerta. El interior olía a vejez, una especie de aroma que en ocasiones persigue a las personas de mayor edad, como si les indicara el camino que conduce a la muerte.

La casa estaba limpia y ordenada; una joven polaca se encargaba todos los días de las tareas domésticas y la comida de la viuda. Las dos gatas de la señora Smith maullaron al ver a su congénere. Aunque las tres eran hembras, parecían llevarse muy bien.

—Déjala aquí, suele ser revoltosa, pero no creo que hoy se mueva mucho.

—Muchas gracias, prometo volver lo más temprano posible.

—Nada, querida, las mujeres de hoy en día estáis muy ocupadas cambiando el mundo. En mi época solo podíamos estar a la sombra de nuestros maridos. Ya sabes que yo amaba a Friedrich, un esposo cabal pero chapado a la antigua. Siempre decía que un intelectual era el hombre capaz de observarse a sí mismo y de cambiarse él primero para después influir en su mundo, pero para algunas cosas era un cabezón. —Soltó un breve respingo—. No te entretengo más, querida, las viejas damas hablamos mucho para espantar la soledad.

Helene salió de la casa con una sonrisa en los labios, no sabía que aquel día iba a cambiar la historia de Alemania.

A finales de abril, su temido Rudolf Kummer se había reunido con los representantes de la Deutsche Studentenschaft —la asociación que agrupaba a los estudiantes alemanes— y el ministro de Propaganda Joseph Goebbels para planificarlo todo. Kummer facilitó la lista de libros y autores prohibidos a los que había que quemar simbólicamente y se eligió la plaza de la Ópera, frente a la Universidad Humboldt, para levantar la pira que comenzaría a incendiar toda Alemania.

Helene se extrañó de ver a muchos jóvenes de las SA y las Juventudes Hitlerianas caminando por las calles. Iban en grupos y a esas horas deberían estar en clase.

En el barrio de Neukölln no había tantos militantes nazis, pero se cruzó con un pequeño grupo antes de entrar en la biblioteca. Klaus estaba en la puerta mirando a los chicos.

—¿Qué sucede? —preguntó la joven a su compañero. Siempre parecía relajado y tranquilo, pero en aquel momento un gesto ansioso le crispaba el rostro y no dejaba de frotarse las manos.

—¿No te has enterado?

—¿De qué? —preguntó Helene mientras dejaba su bolso y su abrigo ligero. Los fríos del invierno ya habían pasado y la primavera cambiaba el ambiente grisáceo de la ciudad por otro mucho más fresco y puro.

—Se han hecho piras en muchas plazas y se rumorea que los nazis van a asaltar las bibliotecas públicas en busca de libros de judíos, comunistas y disidentes políticos. Hay una lista, y los que estén en ella serán purgados esta noche —dijo con la voz entrecortada, denotando cierto esfuerzo en articular las palabras.

La mujer abrió mucho los ojos y sintió un fuerte dolor en el pecho, como si le hubieran dado un golpe en las costillas.

—¿Dónde está Lena?

—Ha ido a por los libros de reserva en el barrio. Los quiere traer todos aquí para ver cómo salvamos los que podamos. Yo me he quedado a vigilar. Por ahora no se ha acercado nadie, pero están acechando desde hace un rato.

Helene no sabía cómo reaccionar, su mente parecía paralizada. Se sentó e intentó tranquilizarse. Respiró hondo y trazó un plan.

—Está bien, menos mal que habíamos preparado la habitación secreta. Pero no podemos meterlos todos ahí dentro, sospecharían si no encuentran nada. Tenemos que sacrificar los repetidos, los de ediciones más recientes y los que pensemos que son más abundantes. Haz una lista, los iremos buscando y clasificando.

Los dos comenzaron a escrutar las estanterías. A cada momento tenían dudas de hasta dónde llegaría esa locura. ¿Prohibirían a Thomas Mann, Remarque, Bertolt Brecht o Lion Feuchtwanger?

—Guardamos todos los libros de autores judíos —ordenó Helene a su compañero desde el otro lado. Se miraron brevemente entre los estantes y se vieron reflejados en la mirada horrorizada del otro.

—¿También los de Tucholsky y Walter Benjamin? —preguntó Klaus. Llevaba una docena de libros abrazados en una pila que le llegaba hasta la barbilla regordeta.

—Sí, son muy críticos con el militarismo prusiano —dijo Helene, que cargaba a su vez con casi veinte volúmenes y apenas veía el suelo que pisaba.

Los depositaron en la mesa principal. La montaña era enorme y parecía bastante inestable.

—¿Están todos? —preguntó Helene a su compañero, que no dejaba de resoplar y sudar bajo su camisa de algodón blanca.

—Creo que sí, aunque me parece que nos hemos dejado a Stefan Zweig, que es judío, y a Franz Kafka. Y el de Helene Stöcker, porque no creo que los nazis aprueben su visión feminista de la mujer.

—¡Búscalos, rápido!

Helene comenzó a seleccionar los que creía más valiosos y las primeras ediciones. Para ella era muy duro tener que hacer dos pilas de libros: a su izquierda, los que podían salvarse; a su derecha, los que debían sacrificarse por sus compañeros. Sin darse cuenta, rompió a llorar. Al principio creyó que era por el polvo que se desprendía del papel, pero lo que en realidad sentía era un desgarro interior. Le vino a la memoria aquella célebre frase de Charles Dickens, uno de sus autores ingleses favoritos, que decía que las buenas personas son las que hacen lo correcto a pesar del precio que deban pagar.

Estaban todavía enfrascados en la selección cuando Lena llamó a la puerta. Llevaba dos bolsas de tela llenas de libros. Los dejó en la mesa y se abrazó a su amiga.

—Han empezado a saquear ya las bibliotecas. Al parecer hace unos días unos estudiantes entraron en el Instituto para la Ciencia Sexual y arrasaron con todo —dijo Lena al borde del llanto.

Los tres se afanaron por seleccionar los libros más valiosos y los fueron guardando en la habitación secreta. Debían de ser medio millar cuando acabaron, y algunos se apilaban en el suelo, ya que las estanterías estaban repletas y no había espacio para más. Después cerraron la habitación, intentando disimularla lo mejor posible, y colocaron el resto de los volúmenes en su sitio para que los nazis no sospechasen.

Pasaron una mañana tensa, pero no sucedió nada. Klaus decidió ir a por algo de comida, los nervios le daban un hambre voraz. Después de mediodía, escucharon voces que crecían a medida que se aproximaban. Aunque tenían las puertas cerradas, al ver la turba y para que no rompieran los cristales, Helene las abrió.

—Tenemos orden del ministro Goebbels para llevarnos los libros con ideas marxistas, judías, antialemanas y contrarias a los ideales del nacionalsocialismo —dijo un joven exaltado.

Helene lo conocía. Se llamaba Peter y unos años antes estudiaba en la biblioteca.

—Peter, ya sabes que nosotros no somos una biblioteca política —dijo con una expresión de angustia que no se le escapó al joven, que agachó la cabeza al saberse reconocido.

Entonces salió de la nada un hombre mayor con su nuevo y reluciente uniforme de las SA. Para su sorpresa, se trataba del señor Fusch, el viejo comunista que tanto la había presionado para que hiciera propaganda política.

—Señora Nathan, será mejor que no se resista. Tenemos órdenes estrictas del ministro. Si no coopera, la policía la detendrá y, si hace falta, quemaremos el edificio.

La joven parecía sorprendida, aunque ya conocía la calaña de aquel individuo.

—Dígannos los títulos y se los entregaremos —solicitó en tono de súplica la bibliotecaria, pero el viejo comunista no aguantó más y empujó la puerta.

—¡Cojan los libros y póngalos en la furgoneta!

Una veintena de chicos, la mayoría menores de edad y en pantalones cortos, recorrieron los estantes. Además de llevarse los libros de la lista, parecían disfrutar tirando el resto al suelo o arrojándoselos unos a otros como si se tratara de un juego.

Lena tenía las dos manos en la cara y a ratos se tapaba los ojos para no intervenir. Klaus, que era el hombre más paciente de la tierra, se mordía los labios y se esforzaba por respirar hondo, pero a duras penas aguantaba las lágrimas. Helene era la más entera, pensaba en los libros que tenían que salvar.

El viejo Fusch parecía disfrutar con el espectáculo. Podía violar ese lugar que durante tanto tiempo se le había resistido. No le había costado mucho cambiar de bando: él no estaba al servicio de unas ideas, más bien prefería que estas estuvieran al suyo.

—Creo que hoy ha podido comprobar que el destino nos azota con el mismo látigo a todos los mortales. Siempre me miraba con esa cara de superioridad, pero lo único realmente superior es nuestra raza alemana —dijo mientras lanzaba esputos por la boca.

—No me importa lo que diga. Si de algo estoy segura es de que la belleza salvará al mundo —dijo altiva la bibliotecaria. El hombre la abofeteó y sus amigos acudieron en su ayuda.

—No, tranquilos. La mejor manera de vengarnos de gente tan despreciable como este hombre es demostrando que se puede ser feliz a pesar de las circunstancias adversas.

Los jóvenes nazis sacaron todos los libros, muchos más de los que hubiesen imaginado los bibliotecarios, y los cargaron en la furgoneta. Antes de irse, el viejo se dio la vuelta y dijo a los tres:

—Regresaré y quemaré este edificio con ustedes dentro. Por ahora disfruten de su libertad y de una buena lectura. —Se dio la vuelta en un gesto teatral y se marchó.

Los tres se quedaron en silencio mientras los jóvenes nazis se alejaban entre cánticos y consignas. La primera en reaccionar fue Lena.

—¿Estás bien? —preguntó mientras comprobaba la mejilla de su amiga.

—Sí, es solo un rasguño. Cerremos y sigamos a la turba —dijo de una manera tan inesperada que sus compañeros no la comprendieron al principio.

—Pero… —dijo Klaus, que no era muy dado a las heroicidades.

—Tenemos que saber cómo acaba todo esto. Quiero ver con mis propios ojos de lo que son capaces para que no se me olvide jamás.

Los tres cerraron la biblioteca y se montaron en el destartalado Ford de Klaus. La furgoneta se detuvo varias veces en el trayecto para que ciudadanos anónimos lanzaran libros a la parte trasera entre gritos de júbilo. Algunos lo hacían desde sus balcones, purgando así su biblioteca personal. En varias librerías repitieron las mismas operaciones, llegando incluso a golpear a un librero que quiso resistirse. Un par de horas más tarde estaban entrando en la plaza de la Ópera, donde miles de ejemplares se amontonaban sobre una inmensa pira de madera.

Klaus aparcó el coche. Las personas se acercaban en filas con libros en bolsas, en carretillas o en sacos, y después los arrojaban a la pira al grito de «*Heil Hitler!*». Se alejaban y esperaban de brazos cruzados a que la ceremonia comenzase.

A medida que pasaban las horas, la plaza se llenaba cada vez más de gente y no había espacio para tantos libros; resbalaban hasta acumularse al pie de la montaña de madera y papel. A un lado de la plaza habían colocado un estrado con micrófonos, donde se esperaba la intervención del ministro de Propaganda a las once de la noche.

Los tres compañeros comenzaron a sentir como al fresco de la noche se unía la voz electrizante de los miles de nazis que se habían congregado para celebrar aquel aquelarre inimaginable unos meses antes. La plaza de la universidad era sagrada, pero en su mismo corazón habían levantado un gran altar para resucitar a los dioses paganos de los que Alemania se había liberado cientos de años antes. De un plumazo se habían borrado casi mil años de cristianismo germano, la lucha de los caballeros teutones, la Reforma de Martín Lutero, la Ilustración, Federico II el Grande, Bismarck y el Romanticismo alemán, además de las ideas de Kant y Hegel. Alemania volvía a la edad de las cavernas.

La llegada del ministro se amplificó con los gritos de los militantes nazis. El pequeño hombre de gabardina gris, aspecto afeminado y caminares tortuosos cruzó a buen paso el pasillo de antorchas con el brazo en alto. Aquel escritor fracasado parecía feliz de quemar a los verdaderos autores que habían cambiado de una forma u otra la historia de la humanidad. Se subió a la tarima para asemejarse a un gigante, aunque fuera un enano intelectual y moralmente, y alzó la mano derecha como si fuera a realizar un juramento. La inmensa plaza se quedó en silencio.

Se levantó en ese momento un viento tan gélido como los corazones de todos esos fanáticos. Las banderas rojas con las esvásticas comenzaron su macabro baile, como si fueran la premonición de las llamas que iban a arder a continuación. Aquel espectáculo a la luz de las antorchas parecía sacado de un acto inquisitorial.

Cuando bajó la mano el ministro, varios miembros de las SA se acercaron a la pira principal y a otras más pequeñas y las encendieron. Helene sintió que se le aceleraba el corazón. Los jóvenes se aproximaban con montones de libros entre sus brazos aún vírgenes y los arrojaban al fuego. Las llamas les iluminaban los ojos fanatizados por los gritos que se escuchaban por toda la plaza.

—¡Contra el materialismo marxista! ¡Por la pureza de la cultura alemana!

Las filas parecían interminables. La mayoría eran jóvenes, lo que más dolía a los tres bibliotecarios. Empezaban a entender hasta qué punto las ideas fanáticas y populistas de Hitler estaban calando entre las nuevas generaciones.

Helene pensó que día a día podían convertir en cenizas el mundo en que siempre había creído, y esos no parecían su ciudad ni su país. Se sentía una extraña, le habían robado todo lo que amaba: los libros, Berlín, la juventud y su amado idioma.

El ministro se quitó la gabardina y mostró orgulloso a la audiencia su uniforme pardo, con el brazalete rojo. Levantó los brazos como un sacerdote ante el altar y proclamó en su rimbombante alemán:

—La era del intelectualismo judío extremo ha llegado a su fin. La revolución alemana ha abierto ¡un nuevo camino para nuestra nación!

Su voz comenzó suave, pero fue aumentando en intensidad, mientras los jóvenes de la plaza parecían sacudidos por las descargas del ambiente diabólico.

—No queremos que la pluma siga envenenando nuestra cultura —prosiguió—, queremos que la espada del espíritu alemán guíe el destino de nuestro pueblo. Estos libros han propagado el engaño y la mentira. Nos han llenado de derrotismo y pesimismo. Han intentado dividirnos como pueblo.

Los gritos de los nazis se unieron a la voz del ministro como si fueran un coro de demonios alumbrados por la luz intensa de las hogueras. Helene y sus compañeros advirtieron que el humo pestilente lo invadía todo y levantaba una columna oscura y tétrica que se elevaba sobre el cielo de Berlín como una nueva torre de Babel en la que, en lugar de las lenguas de los hombres, se confundían las letras arrojadas al fuego por los fanáticos.

—Hoy, en esta hoguera, enterramos el pasado decadente. De estas cenizas nacerá el nuevo hombre alemán.

Los aplausos atronaron y Helene pensó que la mayoría de esa gente era esclava, y que los esclavos no pueden esperar ninguna felicidad verdadera, pero esos pensamientos tampoco la consolaron.

—Ustedes, jóvenes alemanes, han cumplido con su deber. Este fuego no solo ilumina esta noche, sino que brilla como una señal para el futuro de Alemania.

Los jóvenes jaleaban mientras los últimos libros iban cayendo en la hoguera. Helene se giró y vio a su lado a varios ancianos con lágrimas en los ojos, como si todavía quedara alguien que penara por la Alemania que moría para dar a luz esa nueva patria del odio y la muerte.

—¡No a la decadencia y a la corrupción moral! ¡Sí a la decencia y a la moralidad en la familia y el Estado! El alemán del futuro no será solo un hombre de libros, sino un hombre de carácter. Es para ese fin para el que queremos educaros. Hacéis bien en arrojar a las llamas el mal espíritu del pasado. Esta es una gran hazaña, firme y simbólica.

Las últimas palabras del ministro salieron de lo más profundo de su garganta, como si la caverna de Platón se hiciera real en esa fatídica noche y la mayoría de los seres humanos solo se atrevieran a mirar las sombras. La luz de la verdad era ignorada, oculta por la oscuridad que poco a poco se extendía por la vieja Europa.

11

Primera inspección

Berlín, 14 de junio de 1933

La vida en Alemania se volvió asfixiante. Cada mañana, Helene se levantaba con una opresión en el pecho y la sensación de que las cosas iban a ir a peor. Su boda era en unos días y no tenía la más mínima ilusión. ¿Qué tipo de familia podía formar en un lugar como el que se había convertido su país?

Al lado de la cama, Kaiser llevaba un rato lamiéndose las patas. Se la quedó mirando con envidia. Los animales estaban fuera de esa esfera tan enfermiza que era la lucha humana por el poder, el dinero y el prestigio. Su mundo natural estaba muy alejado del suyo.

La gata se acercó perezosa y comenzó a acariciar el

pelo de la joven, como si intuyera su dolor. Helene la abrazó y rompió a llorar.

Después de la quema de libros que se había extendido por toda Alemania, decenas de compañeros habían perdido el trabajo frente a la indiferencia del resto de la sociedad, como si fueran unos apestados. Algunos habían partido para el exilio ante el aplauso de la mayoría de los ciudadanos alemanes. Escritores de prestigio habían abandonado el país: Thomas Mann se había marchado a Suiza, Bertolt Brecht había huido a Dinamarca y Alfred Döblin, a quien ella conocía personalmente, se había exiliado en Francia.

Recordaba las palabras de Albert Camus, que un tiempo antes había afirmado que el propósito de un escritor era evitar que la soledad se destruyera a sí misma. Ahora se sentía más sola que nunca.

Escuchó la puerta y entró Derek con unos kipferls recién horneados. Intentaba que su novia recuperase la ilusión y disfrutase de nuevo de las pequeñas cosas de la vida.

—Hola, cariño —le dijo mientras la besaba en la frente.

—Hola, gracias por el desayuno.

—Todavía están calientes —dijo Derek, que se quitó la guerrera y se quedó en mangas de camisa. Ahora debía vestir siempre el uniforme para evitar problemas, aunque los SA a veces insultaban a los soldados del ejército, a los que consideraban unos burgueses.

—Tengo que ir a la biblioteca, pero no muy temprano. Están allí Lena y Klaus. A veces me pregunto si merece la pena seguir con mi trabajo. Ya nada volverá a ser lo mismo.

Su novio le acarició el pelo y ella notó un escalofrío; al menos sentía que estaba viva.

—En una semana seremos marido y mujer. He preparado un viaje de novios a Austria. Estaremos en los Alpes, visitaremos pueblos típicos y saldremos de este ambiente cargado de Berlín.

—No sé si es buena idea. A lo mejor nos convenía más ir a Suiza y quedarnos allí, con una familia amiga de mis padres. Estoy intentando que mis tíos y abuelos maternos dejen Alemania, pero los nazis ponen muchas condiciones, como que apenas lleven dinero en efectivo. La mayoría no quieren malvender lo que les ha costado conseguir varias generaciones —dijo Helene arrastrando las palabras. Su novio jamás la había visto en ese estado.

—Tienes que levantar el ánimo, ya llegarán mejores tiempos. Siempre me dices que no te avergüenzas de elegir ante todo la felicidad.

Ella se secó las lágrimas de los ojos y se dijo que Derek tenía razón, que era hora de levantarse y luchar. Si todos se rendían, ya no quedaría esperanza para Alemania.

Se vistió y desayunó con su novio mientras ultimaban los detalles de la boda. Por la tarde tenía la prueba final del vestido y vería a su madre y a su abuela, además de a su hermana y su suegra.

Derek la acompañó hasta la biblioteca. La gente ya no se atrevía a entrar, todos tenían aún muy reciente la quema de libros y pensaban que acercarse a la lectura era de ser mal alemán.

Las madres ya no llevaban a los niños, los ancianos se apolillaban en los parques, tristes de haber vivido tanto para acabar presenciando esos tiempos de barbarie. La ciudad se vestía como un escenario de banderas y uniformes, el de una mala ópera wagneriana.

Derek le dio un prolongado beso en el coche, como si deseara transmitirle toda su fuerza, aunque estuviera casi tan desanimado como ella. Había aprendido que formaban un todo, que, cuando uno bajaba los brazos, el otro se los levantaba.

Esperó a que su amada cruzara la calle y arrancó el coche. Derek continuaba a las órdenes de Werner von Blomberg, que había sido nombrado ministro de Guerra y comandante en jefe de las Fuerzas Armadas. Cada día lo acompañaba a sus interminables reuniones, cuyos objetivos eran hacer crecer el ejército y construir una Alemania que se impusiera en Europa.

Helene vio como el coche se alejaba y volvió a deprimirse, pero intentó disimular en cuanto divisó a sus compañeros.

Lena la recibió con un abrazo, sabía lo difícil que estaba siendo todo para su amiga.

—¿Cómo estás? —preguntó mientras la acompañaba a su despacho.

—Bien, ¿vienes esta tarde a la prueba del vestido? —Helene quería que estuviera su amiga.

—Tengo que verme con Gabor, pero me quedaré un rato.

—¡Qué bien! Me das la primera alegría del día.

Helene sonrió a Klaus, que estaba colocando algunos ejemplares. Había muchos huecos en las estanterías.

—¿Yo no puedo ir?

—Eso no es para hombres, dan muy mala suerte —bromeó Lena con su amigo.

Estaban hablando cuando escucharon la puerta. Entraban tan pocos usuarios que los tres se giraron a la vez. Para su sorpresa, eran dos hombres vestidos con largas gabardinas negras. Uno de ellos se quitó el sombrero al entrar.

—Buenos días, espero no importunarlos. Creo que ya nos conocemos —dijo mientras extendía la mano a Helene.

—Herr Rudolf, no sabía que nos visitaría hoy.

El hombre miró a los tres como si los estuviera escrutando; después dio una orden a los hombres que entraron tras ellos.

—¡Registren la biblioteca a fondo!

Después se dirigió de nuevo a los bibliotecarios.

—He visto el registro que hicieron de los libros

destruidos y no coincide con sus fondos, faltan títulos. He sido muy benevolente hasta ahora con usted, señorita Nathan. He pasado por alto su sangre judía, el hecho de que sea una pacifista, que no esté todavía en el partido. A ello ha contribuido el viejo Krüss, que parece demasiado complaciente con los judíos y los viejos comunistas. También ha pesado que su novio sea asistente personal del ministro de Guerra, pero todo tiene un límite —dijo con furia antes de volverse hacia Lena y Klaus—. Está perjudicando a sus compañeros. Sé que se va a casar en unos días… Váyase con su marido, piense bien si regresa o no y se convierte en una buena mujer aria y tiene muchos hijos. Lena la podría sustituir sin problemas; si se une antes al partido, claro está.

Helene meditó muy bien su respuesta. Respiró hondo y comenzó a hablar:

—Entiendo que hay nuevas reglas, que Alemania ha cambiado, pero le pido que no haga nada a mis ayudantes. Asumo toda la culpa.

Lena pensó que su amiga iba a confesar. Se puso en medio y gritó a la cara del nazi:

—¡Si ella se va, nos vamos todos!

Rudolf Kummer pareció desconcertado por un instante.

—¡Jefe, aquí hay algo extraño! —gritó uno de los miembros de la Gestapo.

Todos le miraron y el nazi movió una palanquita. Se abrió la puerta de la habitación secreta.

Helene notó como se le salía el corazón del pecho. Estaba dispuesta a dar una disculpa cuando el otro agente dijo:

—Está vacía.

Helene miró con sorpresa a su amiga, que estaba sonriendo.

—¿Para qué es esta habitación? —preguntó molesto Kummer. Se dirigió a la entrada y comprobó con sus propios ojos que estaba completamente vacía, aunque aún podían olfatearse las páginas de los libros.

—Era una habitación para guardar libros valiosos, pero ahora la usamos como almacén —comentó sonriente Lena.

Los tres nazis parecían confusos y molestos, pero no tenían ni una sola prueba contra los tres bibliotecarios.

—Le he advertido que es mejor que se inscriba en el partido. Será una espléndida violeta de marzo, como llamamos a los nuevos afiliados. Volveré personalmente para ver que todo está en regla —dijo el hombre con una expresión de odio en su mirada.

En cuanto los nazis salieron de la biblioteca, los tres se quedaron callados un instante y después se echaron a reír, aunque sabían que Rudolf Kummer no era un hombre para tomarse a broma.

—¿Qué habéis hecho con los libros? —preguntó intrigada Helene.

—Los hemos llevado al viejo local del carnicero, el

que cerró hace unas semanas y se marchó de Alemania. Lo único malo es que ahora los libros olerán a carne —bromeó Klaus.

Helene miró el reloj, era la hora de la prueba de su vestido. Lena tomó su bolso y las dos se dirigieron al centro de Berlín. Por fin la joven bibliotecaria había experimentado que se podía vencer a los nazis, y eso le infundió una fuerza increíble, como nunca había tenido antes.

12

El plan

Berlín, 19 de junio de 1933

A cinco días de la boda, Helene estaba más ocupada planeando dónde podía ocultar sus libros que en el menú o en el protocolo de la ceremonia. Derek se había hecho cargo de la mayoría de los detalles, apoyado por su madre, que veía con malos ojos que una futura esposa mostrara el más absoluto desinterés por la celebración más importante de su vida.

Helene pasaba la mayor parte del día en la biblioteca con sus amigos. Klaus y Lena organizaban los registros y seleccionaban algunos libros nuevos que podían caer en desgracia ante los nazis. A medida que el régimen se radicalizaba, todo era más inseguro y la vigilancia a la que los sometía Rudolf Kummer era mayor. Además luchaban contra el reloj: temían que descubrieran el nuevo escondite de los libros antes de que lograran organizarse y de que se celebrara la boda.

Lena entró en el despacho, su cara reflejaba cierta perplejidad.

—¿Qué sucede? —preguntó temerosa Helene. A pesar de que su estado de ánimo había mejorado, era incapaz de asimilar más malas noticias.

—No es nada malo, aunque tampoco estoy segura de que sea bueno.

Ese comentario hizo que Helene le prestara toda su atención. Dejó el lapicero y la miró fijamente, como si pudiera escudriñar sus pensamientos.

—Han comenzado a llegar libros de colecciones y bibliotecas privadas para que los protejamos. Al principio no quise aceptar nada, temía que se tratara de una trampa. Pero provienen de gente de confianza, que no tiene ninguna relación con los extremistas —le explicó su amiga mientras se sentaba en la silla. Al lado, Kaiser, a la que Helene había comenzado a llevar al trabajo, la miró con curiosidad, como si se estuviera enterando de la conversación.

—¿Tienen algún valor? —preguntó al fin, saliendo de su ensimismamiento.

—Sí, hay primeras ediciones de *Sin novedad en el frente* y *Adiós a las armas*, y también obras de Marx y otros autores censurados. Aunque lo que más nos está llegando son libros judíos. El rabino Moses nos ha pedido que resguardemos toda su biblioteca, como también la de un seminario protestante. Los nazis están purgando todos los libros cristianos que hablan bien del pueblo judío, además de los archivos y manuscritos importantes y las viejas traducciones de la Biblia.

—No podemos guardar los más de cinco mil ochocientos libros de la lista elaborada por Kummer. Ya me he enterado de que él también ha estado detrás de ese asunto —se quejó Helene, a la que ya le costaba pensar en proteger sus propios fondos.

—Son libros irrepetibles...

—Pero el riesgo se acrecienta. Por querer salvar uno más podemos perderlos todos —dijo Helene a su amiga, que parecía desanimarse por momentos.

Lena tomó un volumen del escritorio y comenzó a pasar las páginas. Sentía el tacto de las hojas desgastadas por el uso y el olor que deja el papel después de unos años.

—Cada libro que desaparece es una pérdida irreparable. Recuerda lo que pasó en la biblioteca de Alejandría o en la de Pérgamo. Estamos viviendo la caída de las ideas a favor de las ideologías, y unos nuevos dioses paganos vienen a ocupar el lugar del viejo Dios judeocristiano. Esos bárbaros lo devoran todo mientras extienden la ignorancia y el odio por todas partes —comentó Lena como si sus palabras fueran capaces de disipar las dudas de su amiga.

Helene se tocó el mentón y después miró la lista. Esas hojas amarillas con casillas eran la tabla de salvación de la biblioteca. Esperaba que mucha gente hiciera cosas parecidas en otras partes del país, pero no podía estar segura.

—Los nazis han destruido buena parte de los fondos de la biblioteca de la Universidad Humboldt, quieren deshacerse de la biblioteca judía de Berlín, hasta se han atrevido con la Biblioteca Central...

—Está bien, pero ¿cómo lo vamos a hacer?

—Hay que ponerle un nombre, las cosas no existen hasta que las nombramos.

Las dos amigas se pusieron a pensar mientras la gata lamía un poco de leche. Al final Lena preparó un té con pastas y el azúcar ayudó a que rumiaran nuevas ideas. El aroma del té les insufló un nuevo aliento.

—La biblioteca de la libertad... —dijo Lena en un momento de inspiración.

—Podría llamarse de Alejandría en recuerdo a la que se quemó.

—Demasiado mítico —dijo Lena mientras daba un bocado a una pasta. El dulzor le hizo sentir cierto placer, todavía podía disfrutar de las pequeñas cosas de la vida.

—La biblioteca de los libros prohibidos —comentó de nuevo Helene, pero su amiga negó con la cabeza.

En ese momento entró Klaus, que parecía haber estado escuchándolo todo, y les dijo:

—La Biblioteca Secreta de Berlín.

Las dos mujeres afirmaron con la cabeza.

—¡Me gusta! Creo que es un alto de rebeldía en nombre de nuestra ciudad. Somos los que más nos resistimos al nazismo y, ahora que el gobierno nazi en pleno está aquí, los que más sufrimos sus zarpazos —comentó Helene con cierta alegría al comprobar que la resistencia era posible, aunque fuera simbólica en muchos sentidos.

—¡Perfecto! —exclamó Lena—. Ahora debemos pensar dónde ubicarla.

—Dicen que la mejor forma de ocultar algo es ponerlo a la vista, en las narices de los que lo están buscando. Ese será el sitio en el que no mirarán jamás —comentó Klaus mientras se servía un poco de té—. Menos mal que a Hitler le gusta el té, si no diría que es un producto extranjero y también lo prohibiría. Nunca me han caído bien los tiroleses con esos pantaloncitos y su música tradicional.

—¿Cuál es tu idea? —preguntaron impacientes las dos mujeres. Su compañero parecía disfrutar dilatando sus comentarios.

—Enfrente del edificio ese que ha ocupado la Gestapo, en la Prinz-Albrecht-Strasse, se encontraba la pequeña sede de la embajada de la República de Checoslovaquia. Creo que podríamos alquilar todo el edificio y meter ahí los libros. Nadie se imaginará que al lado del Ministerio de Aviación, de la sede de la Gestapo y de otros edificios gubernamentales se encuentra la mayor biblioteca clandestina de Berlín.

Sus amigas se quedaron mirándolo sorprendidas. Klaus sonrió de oreja a oreja, aunque era consciente de que el plan era muy peligroso. Debían conseguir las llaves del edificio y transportar miles de libros delante de las narices de las autoridades nazis. El bibliotecario siempre se decía que la grandeza de cada uno de nosotros está en sintonía con los sueños que somos capaces de imaginar, y él tenía una poderosa imaginación.

13

La boda

A las afueras de Berlín, 24 de junio de 1933

El lugar era precioso. El calor se notaba cada vez más y amenazaba tormenta por la tarde. El tiempo podía terminar arruinando la boda, aunque lo que más temía Derek era que su novia estuviera más centrada en sus libros que en él. Entendía su frustración, pero a veces pensaba que la literatura los separaba, a pesar de que ella podía contar una historia parecida con el trabajo del militar. Las letras y las balas jamás han mantenido una relación muy pacífica.

Helene estaba con su hermana y su madre en el cuarto, dándose los últimos retoques. Se sentía feliz, amaba a su novio, pero su cabeza se hallaba en otro lugar.

Kaiser, con un precioso lazo rosa, la miraba desde

la cama de la villa donde se iban a celebrar la ceremonia y el banquete posterior. La estancia estaba iluminada por el sol del mediodía y el aroma a lirios inundaba la habitación. La única condición que había puesto Helene para su boda era que todo estuviera lleno de flores. Incluido un gran arco de rosas en el altar de madera.

—¿En qué piensas, hija? Se te ve ausente…

—Mamá, me siento muy feliz, pero ya sabes cómo van las cosas. Los abuelos y el resto de la familia continúan en Berlín… No me malinterpretes, me alegra que asistan a la boda, pero preferiría que estuvieran a salvo muy lejos de aquí —dijo Helene intentando abrir su corazón. Los libros no eran lo único que la mantenía en vilo.

—Ya sabes que son muy cabezones, pero, si me pongo en su lugar, creo que me sucedería lo mismo —contestó Maria, que lucía un elegante vestido azulado.

—Tampoco estoy convencida de que Alemania resulte segura para vosotros. Padre ha sido miembro de gobiernos liberales y siempre se ha mostrado muy crítico con los nazis. Y tú eres judía por ambas partes.

—Si todos nos marchamos, ¿quién parará a esa gente? —preguntó Amalia, furiosa, que era tan antinazi como su hermana, aunque casi nunca se atrevía a dar su opinión porque estaba estudiando—. ¿Sabes que quieren prohibirme continuar en el liceo?

Helene abrió los ojos, después miró a su madre.

—No quería preocuparte, pero la matricularemos en un colegio de judíos. Esta locura no puede durar mucho. Dicen que los militares están hartos de las SA y van a dar un golpe de Estado.

—Eso son solo rumores, Derek los ve ahora más parados que nunca. Los nazis están sabiendo comprar la voluntad de los del Estado Mayor; les han subido el sueldo a todos y les están dando lo que tanto han ansiado, un ejército que recupere la gloria de Alemania.

—Dejémonos de política por un día, hoy te casas. Lo haces por amor, como hice yo, y eso me llena de alegría.

Madre e hija se abrazaron y la novia se puso en pie. El traje blanco le resaltaba la figura, siempre oculta tras su ropa formal de bibliotecaria, y el maquillaje le acentuaba las mejillas, en contraste con el cabello pelirrojo y sus hermosos ojos verdes.

—¡Estás preciosa! —exclamó su hermana, como si se hubiera dado cuenta de repente.

Afuera, los invitados ya ocupaban las sillas a la sombra de los álamos y los olmos. El manto de flores naturales parecía sembrado para ese momento, así como los ramilletes que cubrían el pasillo central y el gran arco de rosas. Derek aún no había pasado al altar, se arreglaba la pajarita y el pelo mientras su padre jugueteaba con los guantes, mostrando su impaciencia.

—¿No deberías haberte casado de uniforme? —le

insistió Blaz, a pesar de que su hijo ya le había contestado esa pregunta un millón de veces.

—Padre, no quiero que esto sea un acto militar. Apenas he invitado a compañeros, y el general al final no ha podido venir.

El hombre se atusó su bigote prusiano, mostrando su insatisfacción. No estaba de acuerdo con esa boda. La mitad de la familia de la novia era judía y aquellos tiempos no estaban para jugársela con el destino. Él era un oficial retirado, un veterano de la Gran Guerra condecorado con la Cruz de Hierro, y su sangre era tan aria como la del mismo Hindenburg. Mezclarla con una medio judía no era para nada una buena idea.

Los dos hermanos de Derek esperaban unos pasos por delante, preparados con las damas de honor y los niños que portaban los anillos. La mayoría llevaba trajes claros acordes con la estación del año y el calor húmedo que se había instalado desde hacía días en toda Alemania. En el ambiente se respiraba la tensión. A un lado estaba la familia del novio, la mayoría con aspecto aristocrático, aire marcial y frío, trajes hechos a mano y la ampulosidad de las viejas tradiciones prusianas. Al otro, en su mayoría eran comerciantes, unos cuantos abogados y médicos, la mayoría de origen judío, algunos vistiendo incluso atuendos sospechosamente ortodoxos.

La música los salvó a todos. Se escucharon los primeros acordes de *Las cuatro estaciones* de Vivaldi y comenzaron a desfilar las damas de honor y sus acompañantes, una docena de adolescentes de bellas facciones que transmitían alegría y salud por los cuatro costados. Después les siguieron el novio y su madre. Gisela había elegido un vestido ligero de tonos discretos, pero que le sentaba como un guante. No sonreía demasiado, solo para devolver los saludos de sus familiares más cercanos. A su lado, Derek podía notar el corazón en el pecho, la boca seca y ese perfume que desprendían las flores y que se mezclaba con el aroma del campo a media tarde.

Llegaron al altar y se detuvieron. Las damas de compañía y sus acompañantes se habían situado a los lados y formaban un arco a la espera de la llegada de la novia.

Helene bajó las escaleras con su madre y su padre. Había escuchado la música a lo lejos y, de repente, había toma conciencia de que estaba a punto de casarse con el mejor hombre de la tierra. Parecía que el mundo se desmoronaba bajo sus pies. Tenía que amar como si lo fuera a hacer para siempre, sin importar lo que les deparase el destino.

Cuando llegaron al principio del jardín, antes de girar entre los setos para entrar en la senda de flores, Helene se abrazó a su madre y soltó unas lágrimas.

—¡Sé feliz! No te impongas nada más —le dijo Maria, y después la besó en la frente.

La joven tomó el brazo de su padre, que se lo ofrecía con una gran sonrisa.

—¿Vamos? —preguntó Klaus Weber con delicadeza. Su pelo entre cano y pelirrojo parecía perfectamente peinado y sus ojos bondadosos la llenaron de una tranquilidad infinita.

Los dos comenzaron a caminar detrás del niño y la niña. Los pasos eran lentos y firmes, y de repente los invitados olvidaron sus diferencias ante la entrada de la bellísima novia. Se quedaron boquiabiertos.

Helene avanzaba con seguridad, pero la emoción se le escapaba de sus hermosos ojos mientras contemplaba a Derek en el altar. Sabía que sería capaz de entregar su vida por ella. En ese momento acudieron a su mente las primeras citas, cuando él se le acercó en aquel local, y cuando al cabo de unos días le confesó que estaba enamorado de ella desde que la vio por primera vez y ella le sonrió porque se había dado cuenta.

Antes de que el padre entregara a la hija, se le acercó al oído y susurró:

—Hija mía, si te sientes perdida en el camino de la vida, no olvides seguir el sendero que lleva a casa. ¡Te queremos!

Helene tuvo que contener las lágrimas y le dio un largo abrazo. El hombre la entregó a continuación al novio en el acto de amor más difícil para un padre.

—¡Cuídala!

—Lo haré, señor —contestó Derek con la sensación de que les estaba robando la hija a los Weber.

La ceremonia fue sencilla y emotiva. Cuando el pastor compartió el mensaje, antes de declararlos marido y mujer, ellos se leyeron sus hermosas promesas.

Derek se sentía intimidado, no le gustaba expresar sus sentimientos en público. Además sabía que su novia era una experta escritora.

—Te querré mientras tenga un aliento de vida, si he conocido el amor verdadero ha sido gracias a ti. Prefiero un instante a tu lado que la eternidad sin ti. Delante de estos testigos, te prometo mi amor y que te cuidaré y protegeré todos los días de mi vida.

Helene se mordió los labios. Después sonrió entre lágrimas y le dijo en un susurro:

—Lo has hecho muy bien.

Después comenzó a recitar sus votos.

—Amar no es mirarse el uno al otro, es que los dos miremos en la misma dirección. Eres el mejor hombre del mundo, nunca he conocido corazón más noble. Tú serás siempre mi hogar, porque eres mi mejor amigo y no hay nada que desee más en este mundo que compartir mi vida contigo. Por eso prometo amarte, respetarte, cuidarte y hacerte feliz todos los días de mi vida.

El pastor levantó las manos. La felicidad podía palparse en el ambiente, como si las sombras de un mundo que se descomponía se hubieran disipado por un momento.

Entre el público, las madres lloraban, la hermana de Helene intentaba tragar saliva y Lena apoyaba su cabeza en el hombro de Gabor, tal vez deseando que él le propusiese también matrimonio. Klaus sonreía mientras intentaba hacer una foto para inmortalizar el momento. Los abuelos de la novia parecían tan orgullosos de su querida nieta que, por primera vez en mucho tiempo, recuperaron la paz que habían perdido tras el ascenso de Hitler al poder.

—Como ministro ordenado por la Iglesia evangélica de Alemania y la autoridad que proviene de Dios, nuestro padre, yo os declaro marido y mujer. ¡Puedes besar a la novia!

Los dos se besaron mientras sus cuerpos se fundían en uno solo. La gente estalló emocionada en aplausos. Tenían la felicidad al alcance de la mano, pero el cielo se oscureció en ese preciso momento y el viento sacudió la copa de los árboles y levantó las flores. Los invitados presenciaron como el horizonte era devorado por unas inmensas nubes grises y, unos segundos después, los alcanzaba el olor a humedad y comenzaban a caer gélidas y gordas gotas de lluvia. Corrieron a refugiarse, pero ya no había ningún lugar seguro en el mundo para ellos.

14

Cordura

Salzburgo, 26 de junio de 1933

Helene y Derek habían acordado que su viaje de novios seria breve. Klaus había conseguido alquilar el edificio frente a la sede de la Gestapo y ella debía organizar el traslado de los libros a la nueva ubicación. Derek tenía que incorporarse lo antes posible al servicio del general Werner von Blomberg, que se había impuesto la tarea de la nazificación del ejército. El joven quería dejar el puesto, pero sabía que era muy peligroso hacerlo en ese momento.

El tren se acercaba a la frontera con Austria, en una hora estarían entrando en Salzburgo. Su destino final era Viena, pero Helene le había pedido que pasaran una noche en la encantadora ciudad que abría la puerta de Austria.

En el compartimento, además de los dos recién casados, se encontraban una madre con sus dos hijas, un sacerdote y un hombre leyendo el periódico con las últimas noticias que hablaban de la disolución del Partido Socialdemócrata y de las negociaciones con el resto de las formaciones políticas para crear un partido único para toda Alemania.

En contraste con las malas noticias de la prensa, el paisaje no podía ser más hermoso. Ninguno de los dos conocía Baviera, algo calurosa para esa época del año, pero cada pueblo o ciudad que atravesaban les parecía aún más hermoso.

—¿Cómo puede ser que esta sea la cuna del nazismo? —le dijo al oído la joven a su esposo. Ya no se podía hablar de temas políticos en público, nunca se sabía quién podía estar escuchando.

—Bueno, es también una tierra de buenos cerdos —bromeó Derek, y los dos se echaron a reír. El hombre del periódico lo bajó un poco y les echó una larga mirada de desaprobación.

—¿Por qué estás interesada en Salzburgo? —le preguntó a su esposa. Temía que tuviera una razón de más peso que disfrutar unos días juntos antes de que regresaran a su vida.

—Es la ciudad de mi admirado Stefan Zweig, el escritor austriaco. Anton Kippenberg me ha pedido que le entregue unas cartas de gran valor.

Derek la miró sorprendido, aquello podía ser muy peligroso.

—¿Por qué has accedido?

—La editorial Insel Verlag ha publicado todas las obras de Zweig, pero ahora están prohibidas en Alemania. Anton quiere preguntarle qué hace con los fondos de sus libros, ha salvado algunos de la quema. Nosotros queremos esconderlos en nuestra biblioteca, incluidos unos manuscritos del autor que son muy valiosos —le explicó a su marido, aunque este no se dio por satisfecho.

—Llevabas unos días sin hablar de la biblioteca. Entiendo lo que estáis haciendo, pero, cuando hay tantas vidas en peligro, tal vez los libros no sean tan importantes.

Ahora era Helene la contrariada. Klaus guardaba celosamente sus discos de jazz, a pesar de que los nazis querían prohibir toda la música extranjera, especialmente la procedente de Estados Unidos; en cambio, parecía no comprender la gravedad de que los libros desaparecieran de repente.

—Los nazis saben que los libros son peligrosos, pueden cambiar la vida de las personas y por ende el mundo. ¿Por qué crees que es una de las primeras cosas que se han prohibido? La radio entretiene a las masas y las alecciona, mientras que los libros siempre hay que interpretarlos, que saborearlos y digerirlos —comentó mientras empezaba a alzar la voz, hasta que Derek le hizo un gesto.

—Entiendo eso, de veras, pero este no era el momento —comentó su esposo intentando calmar la situación.

—Tenemos que preservar las obras del mayor número de escritores posibles, y Zweig es uno de los más importantes. Ha escrito biografías maravillosas, ensayos y novelas. Su único delito es ser judío.

El sacerdote, que estaba justo enfrente, comenzó a mirarlos y les hizo un gesto para que bajaran la voz. Después señaló con los ojos al hombre del periódico.

El resto del trayecto permanecieron en silencio, pero, cuando estaban bajando el equipaje del portamaletas, el sacerdote se les acercó.

—Tengan cuidado, los nuevos gobernantes tienen ojos y oídos por todas partes. Un amigo que está en el Gobierno me ha comentado que Hitler ambiciona unir a todos los alemanes en su querido Tercer Reich, y en Austria tiene muchos seguidores.

La pareja le dio las gracias y Derek llevó las dos maletas hasta la puerta del vagón. En la plataforma, un mozo se hizo cargo del equipaje y los acompañó hasta un taxi entre las nubes de humo, el olor a carbón y la algarabía de la estación. Decenas de emigrantes se agolpaban en el andén, mucha gente estaba intentando escapar de Alemania.

El taxi recorrió la hermosa villa medieval y los llevó hasta el hotel Goldener Hirsch, el más antiguo de la ciudad. Mientras el Mercedes avanzaba por las estrechas calles empedradas, los dos se mantuvieron callados, disfrutando de las vistas, cogidos de la mano. Notaban el calor del mediodía, pero les habían dicho que por la tarde siempre refrescaba.

El botones, con su reluciente uniforme rojo y botonadura dorada, tomó sus maletas al llegar y esperó aburrido a que se inscribieran en la recepción. Diez minutos más tarde, estaban en la habitación del hotel con hermosas vistas a una de las calles más hermosas de la ciudad. Helene abrió el ventanal y dejó pasar los últimos rayos de la tarde. Respiró hondo y se dio cuenta de lo contaminado que estaba el aire en Berlín, y en todos los sentidos.

—¡Parece una ciudad de cuento! —exclamó mientras abrazaba a su esposo, como si por fin fuera consciente de que se encontraban en su viaje de novios.

Los dos se tumbaron en la cama. Descansaron un poco, después se ducharon y se cambiaron para ir a cenar.

—No te lo había dicho, pero cenaremos con Stefan Zweig. Mañana se marcha a Francia para una gira y solo podía recibirnos hoy.

Derek, que había imaginado una cena romántica, frunció el ceño, pero no dijo nada. Helene se miró en el espejo y después bajaron en el ascensor. En cuanto llegaron al vestíbulo principal, vieron a un hombre con bigote de porte elegante que sostenía un sombrero en la mano.

—Herr Zweig, somos los señores Von Sholtz —dijo

la joven, que había adoptado el apellido de su esposo para evitarse problemas.

El hombre se acercó y le besó la mano, demostrando sus modales del siglo pasado, y después tendió la mano a Derek.

—Es un placer conocerla en persona, señora Von Sholtz. Mi amigo Anton me ha hablado muy bien de usted. ¿Cómo se encuentra el viejo editor? —preguntó el escritor sin dejar de sonreír fríamente, como si los vientos de intolerancia de Alemania todavía no hubieran llegado a Austria.

—Le han prohibido editar a la mayoría de sus mejores autores. Ahora solo puede publicar libros de escritores nazis o cuya temática esté relacionada con la salud. Lo cierto es que está desolado, pero espera que esto pase pronto.

Zweig negó con la cabeza, como si estuviera intentando espantar sus malos pensamientos.

—He reservado una mesa muy cerca. Friderike se encontraba indispuesta, no ha podido venir. Por cierto, ella también publica con Anton.

—Conozco su obra, me encantan sus ensayos pedagógicos —comentó Helene mientras salían del hotel. Derek pensó que no iba a ser una cena muy divertida, pero al menos podría aprender algo de aquel gran hombre.

Sintieron el frescor de la calle y caminaron a la luz de las farolas que hacía un rato que se habían encendido. No se veían demasiados turistas, a pesar de la época del año; la mayoría de los paseantes más bien parecían refugiados que intentaban encontrar un alojamiento barato para pasar una larga temporada.

Llegaron al restaurante St. Peter Stifskeller unos cinco minutos después, tras atravesar la Kapitelplatz. Su aspecto austero de monasterio apenas destacaba con la escasa luz de la plaza. El metre recibió con mucho cariño a Stefan Zweig y los llevó a la mejor mesa de la casa.

—La comida es muy tradicional, pero exquisita. Espero que tengan hambre —comentó el escritor mientras se ponía la servilleta impoluta en el regazo.

—Mucha, apenas hemos comido un bocado —dijo Derek mientras miraba la carta que les había entregado el metre.

—¿Toman vino? Algunos alemanes prefieren la cerveza, pero aquí siempre tienen un excelente vino francés.

—Vino está bien —dijo el joven esposo. Ella asintió con la cabeza.

Mientras traían los platos, Helene entró directamente al asunto que la había llevado a la ciudad.

—Tengo que decirle que le admiro mucho y que su editor quiere que su obra persevere...

—Toda escritura es un acto de vanidad, nadie se acordará de nosotros dentro de cincuenta o cien años. Querida, me dedico a escribir biografías de personajes históricos y escritores, además de algunas novelas sin demasiada trascendencia. No soy un intelectual que digamos —bromeó el hombre, que no se solía tomar demasiado en serio.

—Su obra es impresionante, sus libros, una delicia y el mensaje pacifista que transmiten, muy inspirador, por eso se han prohibido en Alemania —dijo la joven, que intentaba defender la obra del escritor austriaco.

—Bueno, si le soy sincero, me hubiera ofendido un poco si no las hubieran prohibido. Imagino que es más por ser judío que por cualquier otra cosa.

—Yo también soy medio judía —comentó Helene, como si eso le permitiera acercarse más al escritor.

—Mi padre era un exitoso industrial y mi madre venía de una familia de banqueros medio italiana. No les agradó demasiado mi decisión de ser escritor. Nunca he practicado el judaísmo y me considero un hombre cosmopolita, creo que debemos ser ciudadanos del mundo. En el fondo, cada escritor lleva dentro su propia patria formada por palabras. No me considero un genio, simplemente he intentado transmitir ideas y sentimientos para que sobrevivan al paso del tiempo. Como le he dicho, un verdadero acto de egocentrismo —dijo el escritor mientras empezaba a saborear el primer plato.

—Al final, todos seremos recuerdo —añadió Helene, que estaba disfrutando con la conversación.

Derek devoraba el primer plato y degustaba el exquisito burdeos, aunque de vez en cuando miraba al escritor y a su esposa, que parecían gozar más de las palabras que de la comida.

—Nada es más poderoso, querida Helene, que un recuerdo convertido en palabras.

—Pues queremos que esas palabras se recuerden. Estamos creando la Biblioteca Secreta de Berlín y queremos proteger allí sus obras y los manuscritos que tiene su editor. Anton está de acuerdo... —dijo muy seria sin terminar la frase, a la espera de la reacción del escritor.

—¿Y no es eso muy peligroso? No quiero meterla en problemas.

—La vida es peligrosa —comentó Helene con una amplia sonrisa.

—En estos tiempos, existir me parece un acto de rebeldía. ¡Adelante! ¡Quédese con todo cual guardiana! Esperemos que dentro de algunos años una Europa renovada vuelva a leer esos libros y a emocionarse.

Las palabras de Stefan Zweig quedaron impresas en el corazón de Helene. Sabía, como decía Schopenhauer, que no había libertad más allá de escoger entre el bien y el mal, y ella ya había escogido el bien.

15

Traslado

Berlín, 1 de julio de 1933

El calor resultaba asfixiante a primera hora de la mañana, y eso que habían empezado antes del amanecer a cargar los dos camiones con las cajas de libros. Klaus, Lena y Helene no estaban solos; además de Derek y Gabor, otros cuatro jóvenes habían ido a ayudar. En las últimas semanas habían guardado todos los libros en tres locales abandonados muy próximos entre sí.

La carnicería la vaciaron en menos de una hora, después de organizar una cadena e ir pasándose las cajas. El trabajo, aunque agotador, se hizo más rápido de lo esperado. Todos llevaban ropa ligera, manga corta y gorras para protegerse del sol.

Vaciar el segundo local fue más complejo porque

las cajas estaban en un sótano. Los libros pesaban mucho y subir cargados las escaleras resbaladizas y estrechas era muy complicado. Les llevó dos horas terminar el arduo trabajo. A esas alturas ya estaban todos sudorosos y sedientos. Derek compró unas gaseosas y comieron los sándwiches que había preparado Helene.

—Sería mejor terminar mañana —comentó Gabor al ver un camión completamente lleno y el otro a la mitad.

—No, es muy peligroso, ya nos estamos arriesgando demasiado —dijo Klaus, que intentaba refrescarse la cara con un poco de agua. Un cerco de sudor le rodeaba el cuello y las axilas.

—Hay que hacer un último esfuerzo —dijo Helene levantándose con cierto trabajo. Le dolían mucho los riñones.

Se acercaron al último local, una vieja barbería que había cerrado a los pocos días de llegar Hitler al poder. Sus dueños, que tenían familia en Estados Unidos, se habían ido del país sin pensárselo dos veces; eran usuarios de la biblioteca, a la que llevaban a sus tres hijos pequeños con frecuencia. Helene se entristecía un poco cada vez que se enteraba de que alguien se marchaba al exilio, pero sabía que era la única manera de escapar del peligro. Sus tíos Sara y Josef se habían marchado con su familia a Holanda. Había ido a despedirlos un par de días antes a la estación de tren, pero aún le quedaba mucha familia en Alemania, incluidos sus abuelos.

Vaciaron el último local en poco más de media hora. Cerraron los portones de los dos vehículos y se dirigieron a su destino, la sede de la biblioteca clandestina.

El tráfico había aumentado considerablemente. Era cerca del mediodía y la gente caminaba con prisa, intentando no alejarse de la estrecha sombra que proyectaban los edificios. Derek, al volante de uno de los camiones, agradeció el aire que entraba por la ventanilla. Ya tenía experiencia manejando todo tipo de vehículos en el ejército, mucho más grandes y pesados.

Una hora más tarde entraron en la plaza. Las banderas nacionalsocialistas colgaban de casi todas las fachadas, aquel distrito se estaba convirtiendo en una especie de sede administrativa del Gobierno. A los nazis les fascinaba la burocracia y cada vez creaban más organismos de control que en gran medida se supervisaban unos a otros, como si nadie se fiara de nadie.

No tuvieron ningún problema para aparcar delante de la vieja embajada de Checoslovaquia. El propietario actual era un comerciante alemán que importaba cerámica de Hungría; le sobraba el dinero y empleaba los beneficios en la compra de inmuebles para asegurarse de que nadie pudiera quitárselos en el banco. La mayoría de la gente desconfiaba de las entidades financieras.

El día anterior, los bibliotecarios habían colocado

unas vallas para que ningún conductor aparcase delante del edificio. Las apartaron y dejaron los camiones a la sombra de dos grandes árboles.

—Al menos no nos pega el sol —comentó Gabor antes de dar un abrazo a Lena y besarla en la mejilla.

—¡Quita, tonto!

Klaus abrió la verja y la puerta principal. Miró hacia abajo.

—Hay cinco escalones. No es mucho, pero con tantas cajas nos vamos a moler los riñones.

—En un par de horas estará todo listo —dijo Helene con el optimismo que la caracterizaba.

Sacaron un par de carritos del camión. Con el primero trasladarían las cajas apenas unos metros; después habría que subirlas a mano y colocarlas en el segundo carrito.

El grupo se puso manos a la obra discretamente. Aunque habían ideado una buena coartada, era preferible no llamar demasiado la atención. Habían planeado decir que las cajas contenían ropa y otros artículos para mercadillos solidarios. Habían cubierto los libros con prendas de vestir viejas, aunque esperaban no tener que abrir ninguna caja para poner a prueba la tapadera.

Llevaban casi una hora trabajando cuando Klaus se dio de narices con dos SS que se aproximaban con sus uniformes negros y sus botas relucientes.

—¿Qué están haciendo? —preguntó el más rubio.

No sudaba a pesar del uniforme y su mirada era gélida.

—Una mudanza, están todos los papeles en regla —dijo Klaus sacando unos documentos de su pantalón con las manos temblorosas.

El SS los leyó con recelo y después miró de nuevo al bibliotecario.

—¡Quiero ver el contenido de esas cajas!

—No tiene ningún valor...

—Eso lo determinaremos nosotros —dijo mientras le golpeaba con los papeles en el pecho y se acercaba al camión.

En ese momento llegó Derek. Al ver lo que sucedía, se acercó para hablar con los SS.

—Buenas tardes, ¿en qué podemos ayudarles?

El SS se giró y, tras repasar de arriba abajo a Derek, le dijo:

—Vamos a examinar estas cajas.

Derek se quedó petrificado un instante. Reaccionó enseguida, porque miró a los nazis a los ojos y respondió, muy serio:

—Soy Derek von Sholtz, alférez del ejército de tierra y asistente personal del general Werner von Blomberg, ministro de Guerra y jefe del Ejército.

Los dos hombres se lo quedaron mirando con gravedad. Los nazis eran muy estrictos con las jerarquías y esos dos no parecían querer meterse en problemas.

—Está bien, espero que no pasen mucho calor. *Heil Hitler!*

Los dos hombres levantaron la mano y Derek se vio obligado a hacer lo mismo. Helene no tardó en llegar; la habían avisado de lo que estaba sucediendo.

—¿Qué ha pasado? —le preguntó pálida. Sabía que, en cuanto abrieran una o dos cajas, acabarían todos en el edificio de enfrente.

—Nada, vamos a terminar rápido —contestó Derek, que tenía la boca más seca que nunca.

La tarde fue dando paso a las primeras horas de la noche. Cuando la gente se animó a salir a las calles para aprovechar el fresco, ellos ya habían cerrado el edificio y los camiones estaban de vuelta. La suerte los había acompañado.

En cuanto Derek y Helene llegaron a casa, tras una larga ducha, se sentaron en dos sillitas en la terraza. Kaiser se puso en medio y los tres observaron el ir y venir de los transeúntes que caminaban por la plaza. Helene pensó en la Biblioteca Secreta de Berlín, en los libros que habían logrado poner a salvo. Miró a su esposo y se echó a llorar.

SEGUNDA PARTE

La biblioteca de Moringen

1936-1939

16

Amenazas

Berlín, 1 de julio de 1934

Helene pasó sus primeros meses de matrimonio intentando disfrutar de cada momento. Por las mañanas se despedía de Derek, antes de que este se fuera al ministerio, y de Kaiser, que parecía agradecer la compañía prolongada de la pareja. Los berlineses se iban acostumbrando a los nuevos amos del país. El retrato de Hitler y la esvástica estaban tan presentes en la vida cotidiana que Helene ya casi no se fijaba. Pensó que las cosas mejorarían o que al menos no emporarían más, aunque muchos compañeros habían perdido su trabajo y unos pocos se habían visto obligados a emigrar. Hasta la persecución a los judíos estaba detenida por el momento. La tranquilidad parecía un bien de lujo en la Alemania creada por Adolf Hitler. El dictador había logrado destruir la democracia de la República de Weimar en apenas ocho meses sin que apenas se le opusiera resistencia.

La biblioteca comenzaba a funcionar de nuevo. La gente había perdido el miedo a los libros y por las tardes volvía a llenarse. Klaus y Lena no daban abasto con tanto trabajo y ella pasaba los informes al jefe de bibliotecarios. A Rudolf Kummer parecía que se lo había tragado la tierra.

—Hola, chicos, ¿cómo va la mañana?

Sus compañeros ya llevaban dos horas cuando ella llegó de hacer unos recados.

—Todo tranquilo, desde que los nazis están en el poder ya no hay peleas callejeras, y tampoco muchos delincuentes —dijo Klaus, como si estuviera defendiendo algunas actuaciones de los nacionalsocialistas.

—Eso es porque están abriendo campos de trabajo y concentración por todas partes. A un amigo de la oficina de Gabor se lo han llevado hace unos días... Creo que está cerca de Múnich, en un sitio llamado Moringen —comentó Lena, que no quería cambiar su opinión con respecto a los nazis.

Los libros nuevos que llegaban a la biblioteca denigraban a las mujeres, quienes, según los nazis, solo eran útiles para tener hijos para Alemania, y cuantos más, mejor. Los niños y las niñas iban por la calle con su uniforme marrón, como los futuros cachorros de sus amos. Su familia parecía cada vez más animada con el nuevo régimen y ella intentaba no hablar con ellos de política, aunque en ocasiones se hacía inevitable.

Lo mismo había sucedido con la familia de Derek. La mayoría se había afiliado al partido nazi.

—A propósito, ha llegado una carta del ministerio advirtiéndonos de que no podremos seguir en nuestro puesto si no nos afiliamos al partido. Tenemos hasta finales de año para hacerlo —comentó Klaus mostrando la notificación oficial.

—Si no lo hacemos, nos echarán —dijo Lena—, pero es mejor que convertirnos en cómplices del sistema.

—A lo mejor es el momento de ser más pragmáticos. Debemos proteger la Biblioteca Secreta e intentar resistir aquí —dijo Klaus a sabiendas de que su comentario no iba a gustar.

—¡Me niego! —gritó Lena, y algunos usuarios se giraron para ver de dónde venía aquel grito.

—Derek trabaja para el ministro de Guerra, ese nazi del ejército.

A Helene le molestó el comentario de su amigo. Frunció el ceño y con voz pausada, como si intentase medir sus palabras, le contestó:

—Gracias a él nadie se está metiendo con nosotros.

—Está bien, pero en algún momento tendremos que tomar una decisión —se quejó Klaus antes de dejar solas a las dos mujeres y continuar con su trabajo.

Tras el almuerzo, Gabor se presentó en la biblioteca por sorpresa. Lena parecía cada día más enamorada de él. Llevaban casi dos años juntos, aunque él nunca le había pedido ser su novio. Iba más arreglado de lo habitual y, antes de darle un beso, hincó de repente una rodilla en el suelo y se sacó del bolsillo una cajita roja de terciopelo.

Lena no era muy cursi, pero al verlo así no pudo evitar llevarse las manos a la cara y soltar un gritito agudo.

—¡Gabor!

—Lena, ¿quieres casarte conmigo? —preguntó sonriente. Abrió la cajita y un anillo con un pequeño brillante centelleó.

—¡Dios mío! —exclamó y después miró a su amiga, que sonreía al lado—. Sí, quiero —contestó al fin.

Gabor se incorporó y se dieron un largo abrazo.

—Pues nos casaremos lo antes posible, no te gustan las ceremonias multitudinarias ni religiosas.

La mujer se puso muy seria. Era verdad que muchas veces había hecho esos comentarios, pero ahora había cambiado de opinión.

—No hace falta que sea la boda del siglo, pero, si quieres que nos casemos, tendremos que hacerlo como Dios manda —dijo tajante. Él se quedó sorprendido y después la volvió a besar.

—Será un placer convertirte en la señora Frick.

Helene pasaba casi todas las tardes por la Biblioteca Secreta. Había logrado catalogar correctamente todo el fondo y colocar los libros en estantes. A pesar de que aquella inmensa biblioteca no la usaba nadie, le encantaba pasearse entre las estanterías y pasar revista a los libros y sus autores malditos. Era reconfortante recrearse en la idea de que los nazis no se habían dado cuenta de nada.

Durante aquel largo año había trabajado en algunas otras misiones clandestinas, aunque, tras la evolución de casi todos los partidos, el control al que sometían a las iglesias y el desmantelamiento de hasta la más pequeña organización, era muy complejo oponerse al régimen nazi. Además, la mayor parte de los alemanes parecían encantados con su nuevo líder, o al menos lo fingían. Hasta su familia había desistido de irse al exilio. Su abuela Anna ya no salía de casa porque apenas podía caminar, pero no mostraba ningún signo de nerviosismo. Su abuelo comentaba en las comidas familiares que los judíos siempre habían sido perseguidos y que aquello también pasaría.

Helene se detuvo delante de las obras de Zweig. Acarició el lomo de los libros y luego abrió la caja en la que se conservaban los papeles del escritor. Aún recordaba su conversación en Salzburgo y aquella cena maravillosa. Por lo que tenía entendido, se había marchado al exilio, aunque los nazis aún no gobernaran en su país. Vivía en Londres y desde allí dedicaba todos sus esfuerzos a advertir sobre los peligros de Hitler y sus secuaces.

Miró por la ventana que daba a la plaza. El siniestro edificio de la Gestapo parecía sombrío a pesar de que todavía se reflejaba en su fachada la luz del sol. Todo el mundo murmuraba sobre las torturas terribles que se cometían en sus sótanos, aunque en ocasiones era mejor no saber.

Bajó a la planta baja y cerró la puerta principal y después la verja. Se dirigió a la parada del tranvía. Apenas había caminado trescientos metros cuando sintió que la seguían; se volvió y vio a un hombre elegante que le sonaba vagamente.

Helene se quedó en la parada. Se notaba nerviosa, pero esa sensación de vigilancia constante era algo que la acompañaba cada vez que iba por la calle.

—Señorita, imagino que no se acordará de mí.

La mujer se giró y le enseñó su anillo. El hombre hizo un gesto de respeto, como si se cuadrara delante del mismo Hitler.

—Cuando la conocí era aún soltera, creo. Iba con una amiga y tuvieron un incidente desagradable en un tranvía. Ahora ya no pasan esas cosas en Alemania, afortunadamente.

En ese momento cayó en la cuenta. Ese hombre era el policía de la secreta que les quitó de encima a los dos SA.

—Ya no se ve tanto a las SA molestando a nadie —se atrevió a decir la mujer.

—No eran malos chicos, pero su educación dejaba mucho que desear —contestó el hombre—. Ahora todo es diferente. ¿De dónde viene? Pensé que trabajaba por el sur de Berlín.

—Bueno, he venido a arreglar unos asuntos... —contestó intentando improvisar una contestación.

—Yo trabajo ahí enfrente, por si necesita alguna cosa. Mi nombre es Wilhelm Schmidt.

El hombre se colocó el sombrero y se marchó calle abajo.

Helene se puso aún más nerviosa, no sabía si la habría visto salir del edificio. Después intentó quitarse esas ideas de la cabeza y se propuso pasar una noche agradable con Kaiser y Derek, que ya debía de estar esperándola.

Al llegar vio que todo estaba a oscuras. Entró en el salón y la recibieron los maullidos de Kaiser.

—¿Estás sola, corazón?

En ese momento notó una presencia y dio un respingo.

—¡Derek! ¡Dios mío, qué haces a oscuras!

El hombre no reaccionó. Ella se agachó y le plantó un beso en la frente, pero la tenía helada a pesar del calor agobiante de julio.

—¿Estás bien? Pensé que habrías preparado algo para cenar.

—No tenía hambre —contestó como sin fuerzas.

—¿Qué ha sucedido?

—Mi jefe y yo hemos tomado un vuelo a Múnich esta mañana.

—¿Has estado en Múnich? —le preguntó extrañada. El rostro del hombre apenas se percibía en la penumbra.

—Sí, ha sido horrible. Decenas de muertos, una masacre.

—No me asustes. ¿Qué ha pasado? —preguntó insistente.

—Hitler ha matado o detenido a la plana mayor de las SA —contestó con la voz entrecortada.

—Pero eso es bueno, ¿no? Esos salvajes han hecho mucho daño por todos lados.

La reflexión de la bibliotecaria no convenció a su marido. Derek se inclinó hacia delante.

—Si Hitler es capaz de ordenar que maten a su mejor amigo, Ernst Röhm, ¿qué puede hacernos a nosotros? Hasta el general se ha quedado mudo al verlo.

Helene comprendió que de lo que su esposo quería advertirla era de que nadie estaba seguro, no importaba el puesto o la relación que tuviera con los nazis. Hitler era capaz de cualquier cosa por mantenerse en el poder. Los militares no iban a hacer nada, como tampoco habían hecho nada los políticos. Alemania estaba perdida para siempre.

17

La traición

Berlín, 10 de enero de 1935

Helene llevaba unos días sintiéndose mal, especialmente por las mañanas. Temía haber cogido la gripe u otra enfermedad contagiosa durante las Navidades en familia y la Janucá. Sus abuelos y la mayor parte de la comunidad judía lo habían celebrado con discreción. Derek parecía algo más animado en los últimos meses y estaba meditando dejar el ejército, pero aún no sabía qué hacer con su vida. Abrir un local de jazz en la ciudad cuando casi todos los cabarets y clubes nocturnos estaban cerrando era imposible; además no se veía como un empresario de la noche.

La mujer subió al tranvía y enseguida le entraron ganas de vomitar. Tuvo que bajarse y hacer una parte del trayecto a pie. El frío invernal se le colaba en los huesos, cuando llegó a la biblioteca estaba tiritando. Lena, al verla aparecer en ese estado, la llevó al lado de la gran estufa de carbón.

—¿Por qué vienes caminando con este tiempo?

—Me encontraba mareada y pensé que sería bueno que me diera algo de aire fresco —dijo Helene mientras entraba poco a poco en calor. Las manos le dolían por la proximidad del fuego, pero por otro lado era una sensación agradable.

—Klaus anda un poco raro. Creo que está pensando meterse en el partido y no nos lo quiere decir.

Helene miró incrédula a su amiga y comenzó a quitarse las capas de ropa.

—No creo que sea capaz —dijo mientras ponía a calentar agua en la tetera.

—No aguantaremos mucho más. Me temo que antes de la primavera estaremos todos en la calle —se atrevió a aventurar su amiga, que se aproximó para preparar un par de tazas.

—¿Sabes? Es mejor que hablemos de cosas más agradables... ¿Cómo van los preparativos de la boda?

—¡Quedan más de tres meses! —dijo Lena quitándole importancia, a pesar de que cada día se ocupaba de ir resolviendo nuevos detalles de la celebración y ya había elegido el vestido.

—El tiempo pasa volando, no te olvides.

Helene sacó unas pastas para acompañar el té.

—¡Pero si tú no moviste ni un dedo para organizar la tuya!

Las dos se echaron a reír. La nariz roja de Helene recuperó su color natural, ya no se sentía tan mareada.

—¿Dónde está Klaus?

—No lo sé. Esta mañana no ha venido por aquí.

Después de tomar el té, las bibliotecarias trabajaron un par de horas. De repente, escucharon que la puerta se abría de un golpe y se sobresaltaron. Cuatro hombres entraron sin previo aviso y las dos mujeres se pusieron en pie y se pegaron a la pared.

Justo detrás entró un quinto hombre. Vestía un uniforme de oficial de las SS. Al principio no le reconocieron, su transformación las había dejado boquiabiertas.

—Helene Nathan, Helene Weber, ahora Helene von Sholtz, queda detenida por alta traición al Reich —dijo Rudolf Kummer con su voz seca y rasposa.

—Pero...

—¡Apresadla! —gritó el hombre con una mezcla de rabia y placer. Llevaba mucho tiempo queriendo atrapar esa presa tan codiciada y no quería perder ni un segundo más.

—¿De qué la acusan? —preguntó Lena dando un paso al frente.

—Espionaje, ocultar libros prohibidos, trabajar en un organismo oficial a pesar de ser judía... La lista es larga.

Helene miró a su amiga, paralizada por el terror. Los hombres la cogieron por los brazos sin dejar que se pusiera ni el abrigo.

—Llama a Derek —acertó a decir mientras la sacaban casi a rastras.

Lena la vio partir y, en cuanto las puertas se cerraron, se dobló de dolor y rompió a llorar.

Klaus no tardó en llegar. Al ver a su amiga en ese estado, le preguntó enseguida qué le pasaba.

—Se han llevado a Helene. Rudolf Kummer ha venido con agentes de la Gestapo y se la han llevado a la fuerza.

La mujer se derrumbó y su amigo la abrazó. No quiso decirle nada, pero hacía apenas unas horas se había afiliado al partido nazi. Ahora era uno de ellos.

18

Gestapo

Berlín, 11 de enero de 1935

No estaba segura de si era una técnica habitual de interrogatorio, pero esa tarde la dejaron tranquila en un despacho vacío. Hacía frío, no tenía abrigo y se moría por comer algo. También tenía ganas de orinar, pero estaba más o menos tranquila. Al menos ya no sufría náuseas y había logrado recuperar un cierto sosiego.

Por un lado tenía la esperanza de que el jefe de su marido intercediera por ella. No sabía qué habrían descubierto los de la Gestapo, pero, por lo que había dicho Rudolf, no parecía que fuera mucho. Acusaciones vagas, incumplimientos de normas, nada concreto.

Lo primero que pensó es que habían dado con la

Biblioteca Secreta, pero pronto se lo quitó de la cabeza; si lo hubieran hecho, sin duda la habrían llevado hasta allí y la habrían obligado a confesar.

—No tiene nada —se dijo en voz alta para convencerse.

Las horas pasaron. Logró dormir algo, aunque de vez en cuando oía el sonido de pisadas y los gritos lejanos de desesperación, esa parte del régimen que nadie quería ver.

La despertó un ruido y se dio cuenta de que ya estaba amaneciendo. Se asomó a la ventana y, para su sorpresa, se encontró con que daba justo a la Biblioteca Secreta. Le pareció irónico, pero, antes de que pudiera pensar en algo más, oyó como se abría la puerta. Notó unos pasos a su espalda, el sonido del cuero de las botas y ese aliento rancio.

—Helene, espero que haya podido descansar un poco.

La mujer se volvió. Miró al hombre directamente a los ojos para demostrarle que no le tenía miedo, aunque en realidad estaba aterrorizada.

—Necesito ir al baño y no he comido nada desde hace muchas horas.

—Todo a su tiempo. ¡Siéntese!

La mujer obedeció y el hombre se situó al otro lado del escritorio de madera tosca y vulgar, como todo lo que tenían los nazis, que no sabían apreciar la belleza.

—Bueno, bueno —dijo mientras sacaba una carpeta gris de un cajón. Se quedó leyendo un rato antes de hablar.

—¿De qué me acusan? —dijo Helene cuando Kummer levantó la mirada—. No he hecho nada. Si no puedo trabajar en la biblioteca, que me echen como han hecho con otros.

El hombre siguió en silencio, dejando que se desahogase.

—Sabe, querida Helene, todos tenemos que morir. Mis padres fallecieron siendo yo aún muy joven y fue un duro golpe, pero la vida continúa. Era un chico rabioso, enfadado con el mundo, no encontraba sentido a nada hasta que conocí a Hitler.

El hombre se puso en pie y se acercó aún más a la mujer.

—El Führer no era como ahora, por supuesto. Llevaba ropa barata, su aspecto no era tan imponente y todavía titubeaba en ocasiones, pero había en él algo magnético, ¿me entiende? No era bello para que lo amaramos por su hermosura...

La mujer se dio cuenta de que estaba citando el libro del profeta Isaías, el capítulo del varón de dolores.

—Alemania estaba perdida, los bolcheviques se estaban haciendo con el poder en todos lados, habíamos perdido la guerra. Hitler fue como un profeta en el desierto, le costó mucho llegar hasta donde está ahora. ¿Cómo es posible que lo consiguiera si no era alguien predestinado?

—Prefiero no darle mi opinión —contestó secamente Helene, que cada vez estaba más desesperada por ir al baño.

—Mire lo que ha conseguido en dos años. Orden, progreso, estabilidad y que las naciones del mundo nos respeten. Pero eso usted no puede entenderlo...

—¿Porque soy medio judía? —le preguntó desafiante.

El nazi puso las manos en las caderas y sonrió.

—Yo no creo en esas tonterías. Los judíos son como el resto de los humanos, pero han pervertido su religión y con sus ideas han debilitado Alemania y el mundo entero. No, usted no tiene fe. Por otra razón.

El hombre tomó un libro de una estantería y lo arrojó a la mesa. Levantó una pequeña nube de polvo.

—Usted solo cree en esto. Y la entiendo muy bien, porque yo fui como usted: tras la muerte de mis padres, los libros me salvaron. Pero no se engañe, solo son papel, tinta y cartón. Les ponemos tapas de cuero para que parezcan más valiosos. Son meros manuales de instrucciones, catálogos de compras, incluso buen material para encender hogueras —dijo como si estuviera en un estado de euforia fanática.

—¿Me quiere salvar? —preguntó de nuevo la mujer, como si deseara que empezara ya con lo que quisiera hacerle.

—¿Salvar? El hombre no tiene salvación, señora. Somos meros animales jugando a convertirnos en dioses. Lo que aprendí de Hitler es que solo los más fuertes sobreviven y que el único cielo que nos espera está en esta tierra.

—Entiendo, no veo que sus ideas se diferencien demasiado del marxismo.

—Bueno, el materialismo histórico no anda errado. La visión de Nietzsche del superhombre debería quitarnos la tutela moral de Dios, pero lo más importante de todo no es eso —dijo el nazi mientras se volvía a sentar.

—¿Qué es lo importante?

—Le gusta ir directa al grano, ¿eh? Pues le seré claro: los libros son peligrosos. Hacen que la gente piense por sí misma, que tenga sueños propios, que crea en algo. Nosotros somos lo único en lo que tienen que creer. Soy el guardián de la sabiduría, el encargado de tirar la llave y de que nadie vuelva a entrar. Ese mundo de las ideas de Sócrates, la idea de eternidad, la conciencia judeocristiana, todo eso nos ha convertido en esclavos. Es hora de despertar, de sacar de nuestro interior al hombre salvaje, de cambiar el mundo. La gente como usted estorba en esa misión, porque la mayoría ni siquiera se plantea por qué está aquí, vive como el hámster que pasa el día en su jaula dando vueltas a la rueda. Solamente sobreviven.

Los dos se quedaron callados. No dejaron de mirarse a los ojos.

—Su tiempo se ha terminado, tenemos un denunciante, algunas pruebas. Tras el juicio, será ingresada en un campo. Allí la reeducarán, o al menos lo intentarán. No creo que lo logren, pero, cuando tenga el miedo en el cuerpo, ya no molestará más. Márchese después de Alemania, si lo desea, y llévese a esas ratas que tiene por familia —comentó mientras volvía a sonreír.

—¿Ahora puedo ir al baño?

El hombre soltó una carcajada y la acompañó hasta la puerta, después esperó fuera mientras encendía un cigarrillo. Se dijo que esa mujer no era consciente del infierno al que la enviaba, pero muy pronto se daría cuenta y no volvería jamás a ser la misma.

19

Intercesión

Berlín, 12 de enero de 1935

Derek se fue aquella misma tarde que detuvieron a Helene a hablar con el general Werner von Blomberg. Tuvo que ir a su residencia a las afueras de Berlín. Desde su posición de ministro y perro fiel de los nazis, el general había prosperado hasta convertirse en uno de los hombres más ricos del ejército y más poderosos de Alemania. Apenas quedaba algo de la naturaleza prusiana de austeridad y honradez que lo caracterizó, como si su alma se estuviera pudriendo lentamente a cada paso que daba.

La criada le abrió la puerta. Frunció el ceño al verlo allí con ese ademán ansioso, el pelo despeinado y la guerrera a medio abotonar. Unos minutos más tarde, el general lo recibió en su despacho.

—Querido Derek, ¿a qué se debe tanta premura? ¿El asunto no podía esperar a mañana?

El joven se quedó callado unos segundos. Notaba como el corazón se le salía del pecho, las manos le temblaban y tenía la boca completamente seca.

—Lo siento, general. Mi esposa…

El general se inclinó hacia delante, dejando la postura relajada de piernas cruzadas.

—¿Qué ha sucedido, muchacho? ¿Se encuentra bien?

Por primera vez en mucho tiempo, el general logró sentir algo más allá del orgullo de su cargo, del placer que le proporcionaban el poder y el prestigio.

—La Gestapo se ha llevado a mi esposa detenida y no sé dónde se encuentra. Ha sido el capitán Rudolf Kummer de las SS.

El general se puso en pie y se pasó la mano por el pelo cano peinado hacia atrás. Llevaba una simple bata por encima de unos pantalones grises y una camisa blanca. A su lado había una copa de brandy y un libro; en el cenicero, varios cigarrillos, uno todavía humeante. Aquel rato que dedicaba a intentar aquietar un poco el alma mientras escuchaba música se había desvanecido de repente.

—¡Dios mío! ¿De qué la acusan? Es una simple bibliotecaria.

—Enemiga del Estado, ocultación de libros prohibidos y ocupar un puesto de funcionaria siendo judía.

Aunque no han podido justificar la detención, porque todo eso es falso. Es cierto que es medio judía, pero nadie le ha pedido que abandone su puesto en la biblioteca —aclaró Derek, que comenzaba a recuperar el resuello y a calmarse un poco.

El general se quedó pensativo. A pesar del tiempo que llevaba en el Gobierno, muchos no le perdonaban que lo hubieran nombrado ministro antes de ingresar en el partido. La organización nazi era un nido de víboras, a rebosar de envidias y traiciones, en el que nadie estaba realmente a salvo.

—Hable con el Führer, seguro que él no aprueba lo sucedido —sugirió Derek.

Era cierto que la política de los nazis en relación con las depuraciones se había suavizado un poco el año anterior, pero él no se podía presentar delante de Hitler para tratar ese tipo de banalidades. El líder del Reich tenía cosas más importantes que hacer que ocuparse de esas minucias. Además, no quería dar a sus enemigos una excusa para que lo difamasen aún más.

—Bueno, hablaré con Göring, todavía tiene mucho peso en la Gestapo. ¡No se preocupe, muchacho, lo solucionaremos! —exclamó mientras le apretaba los hombros con sus manos huesudas.

—¡Gracias, mi general! —contestó poniéndose en posición de firmes.

—Ahora intente descansar, nos vemos mañana en la oficina. Me enteraré de dónde retienen a su mujer y cómo se encuentra, y espero que en unos días esté fuera. Las personas inocentes no tienen nada que temer de nuestro gobierno.

Derek salió del despacho y la criada lo acompañó hasta la puerta. En el jardín vio como caían los primeros copos de nieve. Recordó a su amada esposa, lo que le ilusionaba la nieve. Helene se comportaba como una niña cuando las calles de la ciudad quedaban cubiertas de blanco.

Se montó en su coche y encendió el motor. Apoyado en el volante, se puso a llorar desconsoladamente.

Helene pasó un día más en el despacho. Rudolf Kummer le facilitó ropa limpia y comida, y dejó que se aseara en los baños. La mujer estaba comenzando a acostumbrarse a las voces lejanas de los agentes, a los gritos de los prisioneros y a observar a los pájaros que se posaban en la ventana cuando dos oficiales de la Gestapo la informaron de que iba a ser trasladada después de un juicio sumarísimo.

Unos minutos más tarde llegó al despacho su abogado. Era un hombre encorvado con barba de tres días y unas gafas de concha que tenían una patilla rota.

—Me llamo Jacob Desoff. En una hora será juzgada, así que no tenemos mucho tiempo. Será mejor que se declare culpable. Si lo hace, como mucho cumplirá dos o tres años; si tiene suerte, puede que incluso salga antes.

La mujer miró con los ojos muy abiertos al letrado.

—¿Que me declare culpable? ¿Se ha vuelto loco? ¡Quiero que llamen a mi abogado!

El hombre se puso muy serio y dejó unos papeles sobre la mesa.

—Señora Von Sholtz, quizá el juez sea benevolente con usted por su familia política y su esposo, pero no puede elegir a su abogado. Por su sangre judía, como la mía, está obligada a que la defienda el abogado que le asigne el Estado. Si se declara inocente, en contra de mi criterio, puede que se pase una década en un campo de concentración. Le aseguro que, si logra salir de allí, lo hará devastada.

Helene se quedó en silencio y meditó su respuesta. Observó entonces al hombre y se cruzó de brazos.

—Lo lamento. Le agradezco su consejo, pero no me voy a declarar culpable.

El abogado cerró el expediente y se la quedó mirando fijamente.

—¡Esto no es un juego! No se haga la heroína. La Gestapo es como una trituradora de carne. La presunción de inocencia ya no existe en Alemania; ahora es el acusado el que debe probar su inocencia. Una persona le ha denunciado y eso es suficiente para encerrarla.

—¿Quién es mi acusador? —preguntó la mujer, angustiada. No entendía que alguien de su entorno hubiera podido hacer algo así.

—El señor Fusch, un miembro del partido…

La mujer pensó que no había escuchado bien. El viejo comunista reconvertido en nazi era la persona que la había acusado. No es que le extrañase tanto, sabía que aquel tipo era un verdadero cerdo, pero le asustó pensar en manos de quién estaba ahora Alemania. Los mediocres y los resentidos habían tomado el poder, ya no había lugar para las personas honradas y capaces. Sobresalir se había convertido en un riesgo en el Tercer Reich, que según los nazis iba a durar mil años.

20

Escuela de analfabetas

Moringen, 20 de enero de 1935

Helene recordaba el día anterior como uno de los peores de su vida. Después de hablar con su abogado, la llevaron a una cárcel de mujeres. Allí había pasado unos días aislada, hasta que una mañana le entregaron ropas limpias —no eran de su talla, pero al menos no estaban llenas de mugre ni olían a sudor— y la trasladaron en un furgón a los juzgados. No iba encadenada, pero sentía todo su cuerpo atenazado por unos grilletes invisibles. Jamás había estado en un juicio, nunca se había presentado ante un tribunal, todo aquello era nuevo para ella.

Esperó sentada en un banco justo a la entrada de la sala. A su lado había dos mujeres con la cara llena de moratones, unas ojeras profundas y la expresión más triste que había visto nunca.

Aprovechando que el policía estaba un poco retirado, les preguntó cómo se encontraban. Eran dos hermanas, ambas estudiantes de derecho, y habían repartido octavillas contra los nazis. Las habían atrapado, encerrado, golpeado y seguramente las iban a mandar a un campo de reeducación. Apenas tenían dieciocho o veinte años. Al verlas recobró el ánimo; si aquellas chiquillas eran capaces de enfrentarse a los nazis, ella no podía acobardarse en ese momento.

Entró en la sala unos veinte minutos después. Su abogado, que la esperaba dentro, se sentó a su lado. Cuando reconoció al juez, se le hizo un nudo en la garganta.

—Roland Freisler es un fanático, uno de los peores jueces que podría habernos tocado. Por favor, no lo provoque —le advirtió al oído.

El juez dio un golpe con el mazo y se dirigió a la acusación. Se puso en pie el fiscal, un hombre grande, fornido, de pelo ceniza y ojos pequeños. Con las manos sujetándose el chaleco, describió brevemente los cargos.

El juez miró con satisfacción a la acusación y después pidió al abogado defensor que interviniera.

—¿Cómo se declara la acusada? —preguntó incisivo, como si quisiera ya terminar con ese asunto.

Helene recordaba la escena a la perfección. Jacob se

puso rojo, parecía que la voz no le iba a salir de su garganta seca, hasta que dijo de forma casi inaudible: «Inocente». El juez enfureció y comenzó a gritar mirando a Helene; era como el perro rabioso que enseña sus grandes dientes afilados. Después de su perorata, golpeó de nuevo con el martillo, la declaró culpable y la mando cinco años al campo de concentración de Moringen para que fuera reeducada.

Se encontraba en el tren, en un vagón especial repleto de prisioneros. Parecía de tercera, pero estaba aún más sucio y en las ventanas habían clavado unos listones de madera que apenas dejaban pasar la luz. No veían casi nada por las rendijas. El sol de enero no era muy fuerte, pero con los pocos rayos que le daban en la nariz y parte de los ojos tenía al menos la sensación de estar viva. El resto del cuerpo lo tenía congelado.

—¿Cómo te llamas? —preguntó una mujer gitana a su lado.

Helene al principio no respondió. Llevaba tanto tiempo ensimismada en sus pensamientos que había perdido todo sentido de la realidad.

—Helene Nathan —contestó, adoptando de nuevo el apellido de soltera. Ya que los nazis la consideraban judía, que al menos no tuviera que ocultar su identidad—. Aunque me han llamado de muchas maneras últimamente.

La mujer gitana era muy guapa. Llevaba el pelo negro recogido en un pañuelo de colores y su vestido era floreado, lo que contrastaba con los uniformes carcelarios de muchas presas y los trajes oscuros del resto.

—Yo me llamo Mercedes, me han metido aquí por robar. Siempre piensan que los gitanos somos unos ladrones, aunque yo me gano la vida honradamente. Mi familia cría caballos y hace hoyas grandes. Yo vendo telas por los pueblos, pero una vecina de Düsseldorf me acusó, y como ella era aria, me han encerrado. ¡Qué locura, por Dios bendito! ¿Por qué estas tú aquí? Pareces una señoritinga. ¿Eres judía?

Helene sonrió a la mujer. No se acordaba de la última vez que lo había hecho.

—Por ocultar libros.

La gitana lanzó una carcajada.

—¡Libros! ¿A quién le importan los libros? Sí hubieran sido tomates o cebollas.

A Helene le hizo gracia el comentario y comenzó a reírse a carcajadas.

—Espero que nos traten bien, no es la primera vez que me meten en el trullo. Los gitanos no les gustamos a los policías, pero ellos tampoco nos gustan a nosotros.

El resto del trayecto tuvieron una agradable conversación. Al llegar a la estación de Moringen, las hicieron descender y un grupo de soldados las escoltó por las calles del pueblo hasta el campo de concentración, que estaba a las afueras. El pueblo era una monada, con sus casitas de campesinos, una iglesia, la farmacia, una taberna y varias tiendas pequeñas. La gente con la que se cruzaban apenas les dirigía una mirada, aunque algún transeúnte se paraba y las insultaba.

Una anciana con cara de ángel se detuvo justo al lado de ellas dos y las escupió.

—¡Qué Dios te lo pague! —le gritó la gitana, y la mujer les lanzó una maldición.

Llegaron al final del pueblo y divisaron un largo sendero de álamos cuya sombra hizo que se estremecieran de frío. Bordearon una alambrada de postes de hormigón. De vez en cuando veían a un joven rubicundo mirando con cara aburrida a las presas desde una de las torres de vigilancia que salpicaban el perímetro. Unos carteles con una calavera y dos tibias, como si se tratasen de banderas piratas, lanzaban una advertencia mortal.

Se detuvieron todas en fila delante de la entrada. Por alguna razón, a Helene le pareció la de un castillo, con una doble reja de hierro y una portezuela más pequeña que se abría con un fastidioso chirrido.

Las mujeres, distribuidas en filas, entraron en el amplio patio dejando a los soldados atrás. Las recibieron media docena de guardianas vestidas con traje gris, un abrigo largo y una gorra ladeada sobre un moño apretado. Todas llevaban en la mano una porra, excepto la más grandona, que estaba justo en el centro y jugueteaba con una fusta de montar a caballo.

—¡Señoras! Aunque creo que debería decir «¡¡furcias!!». Porque ese es el apelativo que merecen todas las mujeres alemanas que no saben comportarse en nuestra querida Alemania. No se preocupen, aquí estamos para reeducarlas. Moringen es el primer campo de mujeres y queremos convertirnos en un modelo para los que vendrán. Y no sé lo que les han dicho que pasará aquí, pero les aseguro que será peor.

Nadie pronunció palabra y la mayoría de las mujeres agacharon la cabeza, como si les pesara la mente. Helene se quedó mirando. Lena siempre le decía que la mejor forma de adaptarse a un lugar era comenzar a comprender pronto lo que sucedía. Su amiga estuvo en un internado en Irlanda para aprender inglés, la etapa más dura de su vida, pero aprendió a sobrevivir.

—No se crean que aquí vivirán de la sopa boba. Su cometido es coser uniformes de SS, además de servir en las dependencias del campo. El trabajo es el único y verdadero camino a la felicidad. Cuando salgan de Moringen, serán las más fieles seguidoras de nuestro Führer. Las reglas son simples: hagan lo que les digamos. No molesten y todas nos llevaremos como una gran familia.

A su lado, Mercedes parecía sonreír, como si le hiciera gracia todo aquello. Una guardiana se acercó por detrás y le golpeó la cabeza. Se le inundó el pelo de sangre y la mujer se tambaleó. Helene tuvo el instinto de cogerla antes de que cayera a tierra, pero se retuvo.

La gitana comenzó a convulsionar en el suelo.

—¿Ahora entienden a lo que me refiero?

El resto de las mujeres comenzó a temblar de miedo. El sol de Sajonia se ocultó por fin y la bibliotecaria, por primera vez en mucho tiempo, lanzó una oración al cielo con sus labios resecos: «Dios mío, protégenos a todas».

Caminaron desnudas hasta las duchas comunitarias y las obligaron a asearse con agua congelada. Avergonzadas, todas se tapaban las partes íntimas. Salieron lo antes posible y se pusieron unos uniformes nuevos de tela de saco y ropa interior blanca, que al menos era de algodón. Les dieron también pañuelos para el pelo y un abrigo ligero, insuficiente para el frío invierno alemán.

En el registro les habían asignado un número que se cosieron en la solapa. Las mujeres lucían distintivos en los uniformes que identificaban el tipo de delito por el que las habían encerrado. Helene llevaba el político, no el judío, y eso le dio en principio algo de ventaja.

La ingresaron en el edificio primero. El campo había sido inicialmente una cárcel para jóvenes delincuentes, pero los nazis habían recluido a hombres, en su mayoría opositores políticos, y después a personas de ambos sexos. Hacía unas pocas semanas que se había convertido en el primer campo de concentración exclusivamente de mujeres en Alemania.

Helene terminó en el barracón de las opositoras políticas, que no estaba tan abarrotado como los más grandes. Unas cincuenta mujeres dormían en literas de tres alturas, pero la vigilancia sobre ellas era más estricta.

Con una manta ligera y una toalla se dirigió con otras cinco mujeres al barracón. Al entrar, todas se volvieron para observarlas. Las prisioneras estaban sentadas en algunas sillas o sobre las camas. El recibimiento no fue muy caluroso.

A Helene le tocó una cama junto a la ventana. Se le acercó una mujer mayor.

—Soy Anna, has tenido mala suerte. Aquí no se percibe tanto el olor a sudor y heces, pero el frío de la noche te hará temblar. ¡Toma! —dijo mientras le daba una manta.

Helene observó a la mujer menuda. Tenía el pelo entre blanco y rubio recogido en un moño pequeño, su cara algo amarillenta estaba surcada por arrugas profundas, como las de un campo en invierno. Los ojos, en cambio, los tenía tan vivos y azules como el cielo más brillante del Mediterráneo.

—¡Gracias! Pero ¿seguro que no la necesitas?

La anciana negó con la cabeza y le ayudó a hacer la

cama. El colchón era de paja y nunca terminaba de parecer en orden.

—Las guardianas son muy estrictas con estas cosas. Esas harpías son peligrosas, mantente alejada de ellas. En una hora comenzaremos a trabajar de nuevo. ¿Qué trabajo has puesto en tu ficha?

—Bibliotecaria —dijo Helene algo avergonzada, como si hubiera cometido una tontería al poner su verdadera profesión.

—Tenías que haber escrito otra cosa. Hablaré con Anna Klein, mi tocaya, es la menos mala de todas ellas. Pero ni te acerques a la jefa, Ilse Goebbels, y tampoco a Wilhelmine Albrecht. Esas dos ya han matado a varias mujeres y son unas sádicas.

La mujer se dirigió a la puerta y Helene la siguió. Cuando estuvieron fuera, se apoyaron en la pared de madera.

—Aquí dentro la mayoría son presas políticas: comunistas, alguna anarquista y un par de socialistas —dijo Anna.

—¿Por qué la encerraron a usted?

La mujer se encogió de hombros.

—Un malentendido. Cuando en el treinta y tres detuvieron a todos los miembros del partido comunista, se llevaron a mi marido y a mi hijo. Fui a reclamar y entonces me acusaron a mí de pertenecer al partido. Ahora mis nietos están solos y no sé dónde se encuentran mi esposo y mi hijo mayor.

—Lo siento mucho —contestó Helene mientras le ponía una mano en el hombro.

—No toques a nadie aquí. Intenta pensar que estás en el infierno. Las mujeres de nuestro barracón son de Hannover, mujeres duras que trabajaban en fábricas. No les va a gustar una bibliotecaria. En el de al lado han metido a las estudiantes de Gotinga. Esas son intelectuales y profesoras, además de las jovencitas. Luego están las testigos de Jehová y las asociales.

Helene intentaba asimilar toda aquella información.

—¿Podemos mandar cartas? Quiero que mi esposo sepa dónde me encuentro.

La mujer afirmó con la cabeza. Después indicó a lo lejos el edificio principal de administración.

—Una carta al mes, aunque las censuran y supervisan. No podemos dar información del campo.

Anna vio que los comandos comenzaban a organizarse para el trabajo y le pidió a Helene que se pusiera a su lado.

—¿Por qué me ayuda?

—Nadie lo hizo conmigo. No soy una santa, pero, si hay un Dios en los cielos, creo que ayuda a los que son capaces de ver algo bondadoso en los demás. Eso me enseñó mi madre y eso es lo que aprendí en la iglesia de mi barrio. No sé qué diablos le ha pasado a nuestro país.

Los comandos se fueron dirigiendo a los pabellones de trabajo. Cuando estuvieron delante del de costura, una de las encargadas le preguntó si sabía coser a máquina. Ella le contestó que sí, aunque apenas lo había hecho dos o tres veces.

El amplio salón olía a las telas de algodón y lana, también a la grasa de las máquinas y al sudor concentrado de las mujeres.

La sentaron al lado de Anna y todas empezaron a trabajar. Helene miró desesperada a su nueva amiga y esta le fue indicando cómo comenzar. Una hora más tarde ya estaba cosiendo su primer uniforme de lana negra para un oficial de las SS.

Aquel primer día se le pasó más rápido de lo esperado. Tras la larga jornada, les dieron una sopa caliente, un pedazo de pan negro y unos guisantes con unos supuestos trozos de beicon, aunque apenas pescó ninguno. Lo devoró todo en pocos segundos. Llevaba muchas horas sin comer y estaba famélica. Desde su detención había perdido varios kilos, pero para su sorpresa le sobresalía una pequeña barriga.

Anna se sentó a su lado en el barracón. Quedaba menos de una hora para que cortasen la luz.

—Intenta descansar todo lo que puedas, lo único que no nos puede robar esta gente es el sueño. En ese momento somos libres de verdad, aunque al despertar sea muy duro.

—Gracias por todos tus consejos.

—Me voy a ver a una amiga —le dijo la anciana.

Helene se recostó en la cama e intentó descansar, pero antes de que se quedara dormida se acercó una de las presas. Era una pelirroja con cara infantil, el rostro pecoso, menuda y pequeña.

—¿Te llamas Helene?

—Sí, encantada —dijo dándole la mano, pero se acordó de la advertencia de su nueva amiga y la apartó.

—Yo me llamo Alice. Me ha llegado una carta, pero no sé…

La jovencita no termino la frase.

—¿Leer?

Alice agachó la cabeza, avergonzada.

—Bueno, eso tiene arreglo. ¿Por qué me lo has pedido a mí?

—La gente por aquí no es muy amable. Soy de Berlín como tú y me han dicho que eras bibliotecaria. No sabía que había mujeres en esa profesión —comentó la cría recuperando algo más de valor.

—Siéntate, por favor —dijo palmeando el colchón. Una nube de polvo salió de la manta.

La chica se acomodó y le entregó un sobre abierto. Estaba algo sucio y, al abrirlo, se dio cuenta de que gran parte de la carta estaba tachada en negro.

—La censuran —explicó la jovencita.

—Lo siento.

—Bueno, al menos sabré algo de mi novio. Hans es un buen chico…

Helene sonrió, algo también prohibido en el campo.

—«Querida Alice. Me ha alegrado recibir tu carta y saber que te encuentras bien».

Helene intentó leer lo tachado, pero no lo consiguió.

—«Mi padre está muy enfermo, espero que lo tengas en tus oraciones. En el trabajo todo bien, ojalá pueda verte pronto. Te extraño mucho, sobre todo los paseos por el parque y las tardes en…».

Helene logró leer al fin:

—«… en la Casa del Pueblo».

—Hans y yo éramos socialistas. Bueno, yo lo era por él.

—Espero que esta carta no le cause ningún problema.

La joven negó con la cabeza.

—Se ha hecho de las Juventudes Hitlerianas.

—Entiendo —contestó Helene, que terminó de leer la carta—: «Nuestro buen Führer salvará a Alemania y nos dará a todos un futuro. Tuyo para siempre. Hans».

La chica comenzó a llorar y la mujer la acurrucó en sus brazos. Ya no le importaban las normas.

—¿Por qué te han encerrado aquí? —le preguntó. Parecía una chica tan inocente.

—Bueno, una compañera de clase, hija de un oficial de las SS, me denunció. Quería quedarse con Hans, pero no lo ha conseguido. Dijo que yo había insultado al Führer, pero no era verdad. Tengo que estar aquí un año más y volveré a casa.

En ese momento se le acercaron otras tres reclusas y Alice se apartó bruscamente de Helene.

—¿Tu eres la nueva?

—Sí, me llamo…

—Ya sabemos cómo te llamas, otra berlinesa chula que piensa que no estamos a su altura. ¡Aquí mando yo! ¡Que te quede clarito! Me llamo Elke y a partir de ahora nos darás la mitad de tu ración.

Helene frunció el ceño y se puso en pie. Jamás había participado en una pelea, pero apretó los puños y levantó la barbilla.

En ese momento apareció Anna.

—Elke, deja en paz a mi protegida.

La mujer grandona se acercó a la anciana y se puso a unos milímetros de su cara.

—Helene es una buena mujer y nos va a ayudar a todas.

—¿En qué nos va a ayudar a todas?

—Va a crear una escuela aquí. Así ya no serás tan burra y agresiva —dijo, y el resto de las prisioneras se echaron a reír. Elke se apartó con sus matonas como una leona herida, dispuesta a buscar venganza en cuanto tuviera oportunidad.

21

La biblioteca de Moringen

Moringen, 12 de marzo de 1935

«Dos meses», pensó Helene mientras miraba por la ventana del pabellón. Parecía que la primavera se acercaba, aunque el frío era aún intenso, en especial por las noches. En aquel tiempo había descubierto varias cosas. La primera era la más importante de todas: estaba embarazada. Y eso le preocupaba cada vez más. Al principio notó que ya no tenía el periodo, después el aumento de la panza y más tarde las náuseas constantes. En esos meses, en lugar de ganar peso, lo había perdido por la mala alimentación; aunque Anna procuraba darle algo de comida extra —una amiga suya trabajaba en las cocinas—, apenas lo notaba su insaciable metabolismo.

La segunda cosa que había descubierto era que allí, en casi el peor lugar del mundo, se podía ser feliz. Llevaba semanas intentando enseñar a leer y escribir a unas veinte mujeres de su barracón. Le había sorprendido que tanta gente no supiera lo más básico, pero poder mejorar la vida de todas esas prisioneras, que escribían sus primeras letras o leían a trompicones los dos únicos libros que tenían, la emocionaba cada vez más.

Una de sus alumnas preferidas era Alice, la Pequeña, como le gustaba llamarla. Se habían hecho inseparables y algunas prisioneras las llamaban «las berlinesas».

La tercera cosa que había descubierto era la capacidad del ser humano para soportar casi todo y la infinitud de la maldad humana.

Siempre había creído que la educación cambiaría la sociedad, que la maldad era una forma de ignorancia, pero las guardianas no eran mujeres ignorantes, como muchas de las prisioneras, sino verdaderas fanáticas.

La guardiana que supervisaba su barracón era una tal Ludmila. Era la guardiana más guapa, de largos cabellos rizados y rubios, ojos verdes y unos rasgos perfectos. Muchas decían que era la amante de Hans Wehmeyer, el comandante del campo. La moral en Moringen, en especial entre los guardianes y las guardianas, era laxa. Los nazis ya no disimulaban su inmoralidad en ningún sentido y no se ataban a los convencionalismos del resto de la sociedad.

Una de las veces que Helene iba a uno de los almacenes a por más tela, se los encontró besándose. Se ocultó de inmediato, pero fue demasiado tarde, Ludmila la había visto.

Pasó el día muy inquieta. Antes de formar para el recuento, la guardiana fue al taller y la mandó llamar. Las dos mujeres salieron al patio, desierto en ese momento. La guardiana miró a la berlinesa y le dijo:

—¿Qué estabas espiando?

—Lo siento, estaba buscando telas... —contestó Helene con la cabeza gacha. No quería que la guardiana se pusiera furiosa.

Ludmila agarró la porra con las dos manos y comenzó a dar vueltas a su alrededor.

—¿No lo entiendes? Para nosotras no sois humanas, habéis traicionado a vuestra raza y a vuestro país, no sois dignas de vivir. Si por mí fuera, os mataría a todas.

La mujer levantó la porra y Helene se tapó la cara con los brazos.

—Eres muy guapa y eso no me gusta —dijo antes de darle el primer golpe—. Aquí soy yo la única a la que pueden mirar los hombres.

La guardiana comenzó a golpearla con todas sus fuerzas hasta que Helene se derrumbó y se hizo un ovillo en el suelo, protegiéndose sobre todo la tripa y la cabeza. No dejó de pegarle hasta que se le cansó la mano. Parecía disfrutar con cada porrazo.

Unos minutos más tarde, Helene respiraba con dificultades sobre el suelo enfangado. La guardiana sonrió al verla tan desprotegida y le puso su bota sobre la cabeza.

—Espero que no te vuelvas a meter en mis asuntos.

Se apartó de allí y, un minuto más tarde, Anna salía del pabellón para ayudar a su amiga. Se le unieron Alice y otras dos compañeras. Pidieron permiso a la encargada para llevarla hasta el pabellón hospital. Era pequeño, con una decena de camas. No tenía demasiados recursos, pero, en comparación con los barracones, parecía un lugar saludable, con sábanas y colchones de lana.

La doctora era una judía austriaca llamada Ruth. La habían detenido por una supuesta conspiración para terminar con la vida de Hitler, aunque nadie lo sabía a ciencia cierta. Tenía el pelo largo y blanco, con los ojos grandes enmarcados en unas inmensas gafas. Era muy amable.

—¿Qué le ha pasado?

—Le han dado una paliza. Ha sido Ludmila —le contó Anna a la doctora, mientras esta examinaba a Helene en una camilla.

—Esa salvaje ya ha matado a dos mujeres. Parece que la vida humana aquí no vale nada. Apenas me dan medicinas, es como si quisieran acabar poco a poco con todas nosotras.

Anna se encogió de hombros. Ella pensaba que eso

era exactamente lo que planeaban, aunque para mentes humanistas como la de la doctora era una idea del todo inconcebible.

La mujer terminó el examen y apuntó algo en el informe.

—Está embarazada. ¿Lo sabía?

Anna sonrió, aunque enseguida volvió a ponerse muy seria al ver que su amiga se quejaba y, sobre todo, que comenzaba a perder sangre por la vagina.

—Se lo dije yo, tenía cara de embarazada.

—Pues puede perderlo. Además del reposo, intentaré conseguir algo de leche, vitaminas y carne —dijo la doctora, que le puso una compresa para detener la hemorragia. Anna le limpió el cuerpo y la ayudó a vestirse con un camisón limpio con olor a jabón.

Helene se durmió a los pocos segundos. Le dolía todo el cuerpo y no se enteraba de nada de lo que le hacían las dos mujeres. No despertó hasta el día siguiente y entonces vio que le habían puesto un gotero con suero. Miró a su alrededor, pero no logró reconocer el lugar.

La doctora se acercó a la cabecera de la cama y le acarició la frente fría.

—Está a salvo. Por ahora no ha sangrado más y espero que no pierda a su bebé. Intentaremos que pase aquí una temporada y que mejore su situación.

—Muchas gracias —le dijo la bibliotecaria, casi sin fuerzas.

La doctora puso dos libros sobre su regazo.

—Es todo lo que tengo. Una novela de Walter Scott y otra de Honoré de Balzac. Dicen que no hay mejor manera de recuperar las fuerzas que entre las páginas de un libro.

Helene acarició el lomo de los dos volúmenes y se echó a llorar. Había casi olvidado el tacto de un libro e incluso toda su vida anterior. Derek no contestaba a sus cartas y ella se había imaginado que pretendía abandonarla para no ponerse en riesgo él ni a su familia.

—Gracias —logró decir mientras la doctora le tomaba la mano.

—Ahora descanse y recupérese.

Al tercer día de estar ingresada, comenzó a restablecerse de sus heridas. La alimentación y la leche le devolvieron el tono sonrosado a las mejillas y la cara se le llenó de nuevo.

Pasaba muchas horas leyendo. Anna y Alice la visitaban todas las tardes y también conversaba con la doctora.

—Helene, tengo una sorpresa para usted —le dijo aquella mañana la doctora. Dejó una carta sobre la sábana.

Helene la tomó de inmediato y miró el remitente. Era de su amado Derek.

—La dejo a solas con su marido —dijo discretamente la doctora.

—Muchas gracias, le debo la vida —respondió Helene, que intentaba aguantar las lágrimas.

En cuanto estuvo a solas, desgarró nerviosa el sobre y abrió la carta. Estaba con tachaduras, pero la mayor parte del texto se podía leer sin dificultad.

Amada mía:

Cuando recibí tu carta, sentí que el mundo volvía a merecer la pena. Lo he intentado todo para liberarte, pero ni siquiera me dijeron si estabas viva ni dónde te encontrabas.

Te quiero con toda mi alma y seguiré luchando... Ahora que estamos separados, he comprendido lo que significa tener desgarrada el alma. Cada día trabajo sin fuerzas, me acuesto entre lágrimas y me despierto tocando tu lado vacío de la cama. Cuando volvamos a vernos, te abrazaré como nunca lo he hecho. Dios nos guardará y volverá a reunirnos.

Tu familia se encuentra bien, pero tu abuela ha enfermado. La han llevado al hospital, reza por ella, cariño. Siento transmitirte esta mala noticia, pero pensé que preferirías saberlo. Todos los demás estamos bien y en la biblioteca...

Espero recibir noticias tuyas muy pronto.

El amor de tu vida,

Derek

Las lágrimas recorrían el rostro de la mujer. Se abrazó desconsolada a la carta y pensó en su marido. Necesitaba verlo, se dijo mientras la releía.

Tomó papel y una pluma, y no paró de escribir hasta terminar la contestación. Su querido marido debía saber que esperaba un hijo suyo y que muy pronto se convertiría en el mejor padre del mundo.

Derek sintió todo el peso de esos meses cuando la última puerta se cerró y perdió toda esperanza de liberar a su esposa. Caminó sin rumbo por Berlín hasta que, sin saber bien cómo, se detuvo enfrente de la casa de un viejo amigo de sus padres, el hombre que lo había acogido cuando llegó por primera vez a la ciudad. La residencia de los Mollin estaba situada en una de las zonas más elegantes de la ciudad. La familia era originaria de Dirschau, pero hacía años que se había instalado en Berlín. Bernard Josef Mollin era un buen hombre y su encantadora esposa, Franciszka Paulina Weronika, había querido a Derek como el hijo que nunca tuvo.

Llamó a la puerta sin saber por qué lo había hecho. En la segunda planta, le abrió la misma Franciszka; su criada había salido a comprar.

—¡Dios mío, Derek!

La mujer lo abrazó y le hizo pasar de inmediato. Le preparó ella misma el café y le pidió que le contase cómo había sido su vida en esos meses. No habían podido ir a la boda porque su esposo estaba enfermo. Cuando Derek le contó todo lo que había vivido durante las últimas semanas, Franciszka se echó a llorar. Él le entregó un pañuelo y ella levantó la cabeza.

En el salón y en las habitaciones se conservaba una parte del mobiliario de su antigua casa de Dirschau. Parecía un viejo palacio versallesco, pero intentaban mantenerlo todo reluciente. La belleza era una de las pocas cosas que consolaban a Franciszka desde que dejaron su tierra natal. Su hija Maria los necesitaba —tenían solo un nieto—, porque su yerno, Erwin Rommel, era instructor en Potsdam de la Escuela de Guerra y pasaba muchas temporadas sola. A Erwin le acababan de ascender a teniente coronel y la situación de la familia estaba a punto de cambiar.

—Puedo hablar con mi yerno, tiene algunos contactos en el Gobierno. No es miembro del partido, pero Hitler admira sus ideas. Creo que le ha mostrado un libro que va a publicar, aunque no lo ha terminado. Es algo así como *La infantería ataca* —le explicó la mujer.

Él no quería hacerse ilusiones. Sabía que hasta el momento todos sus intentos habían sido infructuosos.

—Me acabo de enterar de que mi esposa está embarazada. No puede tener a nuestro hijo en un campo de concentración.

—No lo tendrá, yo me ocuparé personalmente de eso.

Una hora más tarde, Derek caminaba por la calle con esperanzas renovadas. Berlín se había convertido en una ciudad tranquila y burguesa; las revueltas se habían terminado, pero con ellas también la alegría y la fuerza de una de las capitales más cosmopolitas del mundo.

El oficial entró en su casa y vio a la gata. Desde la desaparición de su ama había perdido mucho peso. Siempre que escuchaba la puerta, corría esperanzada de volver a verla, y de nuevo, en cuanto comprobó que quien había llegado era Derek, regresó a su cesta y se tumbó apática. Parecía que había perdido todas las ganas de vivir.

Helene se recuperó poco a poco y, cuando la doctora ya no pudo evitarlo, recibió el alta. Aquella mañana la primavera había llegado de verdad. En las montañas se había derretido la nieve y los mantos de flores se extendían por todos lados. Perséfone escapaba una vez más del inframundo y lograba que la naturaleza despertase de su letargo.

—Muchas gracias por todo doctora —dijo la bibliotecaria a su salvadora.

La mujer le tocó la barriga, después sonrió y le tendió un pequeño bote con vitaminas.

—Venga cada semana a la revisión. Tómese una pastilla al día y, en cada visita, le daré una pequeña cesta con provisiones.

—No sé cómo...

—A veces, muy pocas, nos encontramos con personas que iluminan nuestro camino, Helene. Usted es una de esas personas. Siempre está preocupada por los demás y por los libros.

La doctora le entregó los dos volúmenes.

—No puedo —dijo emocionada la mujer, pero al final los tomó y se los puso debajo del brazo.

Estaba a punto de abandonar el barracón cuando la doctora se acordó de algo.

—Tengo algo más para usted.

Corrió hacia su cuarto y sacó una pesada maleta. Helene pensó que serían cosas para su futuro bebé, aunque aún le quedaba mucho para ser madre. La maleta era vieja, de color marrón, no parecía tener nada de particular. La abrió y de repente aparecieron algo más de unos treinta libros de varios tamaños y formas.

—¿De dónde los ha sacado? —le preguntó sorprendida.

La doctora se incorporó. Su rostro cambió de repente, como si recordar, una vez más, fuera francamente doloroso.

—Recientemente murió Gudrid, una vieja profesora que ingresó hace poco más de seis meses. Sus propios alumnos, a los que había educado durante años, la denunciaron como enemiga del Estado alemán. Nunca lo superó. La ingresaron como prisionera política y trabajó en la cocina, pero su estado de ánimo y su salud no eran buenos. Enfermó y la trajeron aquí. La estuve cuidando hasta unos días antes de que usted llegase. La verdad es que ocuparme de usted me ha ayudado a superar su muerte. —Los ojos de la doctora comenzaron a brillar. Helene le tomó las manos.

—Lo siento mucho.

—Este mundo se ha vuelto loco, no sé si merece la pena vivir en un país como el que están construyendo.

Helene no supo qué responder, ella también tenía sus dudas.

—Seguro que utilizará bien los libros. Dé a esas mujeres un poco de esperanza.

Las dos se abrazaron. No había nada más dulce en el campo que sentir otro cuerpo humano. No había calor que pudiera igualársele.

Helene sacó como pudo la pesada maleta. Fuera la esperaban Anna y Alice. La ayudaron a moverla hasta el barracón.

—¿Qué llevas aquí dentro? ¿Piedras? —preguntó Alice a su amiga.

—No, algo mucho mejor.

Llegaron al barracón cuando la mayoría de las mujeres todavía estaban trabajando. Helene dejó la maleta sobre el colchón de paja y soltó un largo suspiro; ya echaba de menos su cama y sus sábanas del hospital. Abrió la maleta y las dos mujeres se quedaron sorprendidas.

—¡Libros!

—Sí, pero nadie puede saberlo. Vamos a hacer una pequeña biblioteca con ellos, pero nadie se puede enterar, solo las mujeres en las que confiemos.

Sus dos amigas parecían ilusionadas. Sacaron los volúmenes y los examinaron. La mayoría eran novelas, pero había un ensayo de Sigmund Freud y otro de Kant.

—Mirad esto —dijo Helene—: la *Ilíada* y la *Odisea* de Homero, *Hamlet* de William Shakespeare, *Don Quijote de la Mancha* de Miguel de Cervantes, el *Fausto* de Goethe...

La anciana tomó otros pocos.

—*Orgullo y prejuicio*, *Moby Dick*, *Los miserables*... ¿Has leído todo esto?

Helene parecía eufórica al ver todos esos volúmenes. Era como si Dios le hubiera hecho el mejor regalo del mundo y le hubiera concedido además una nueva misión.

—Sí, los he leído todos. Vamos a hacer la primera biblioteca del campo. Al menos podremos contribuir a que nuestras compañeras escapen, aunque sea con la imaginación.

22

Libros robados

Berlín, 24 de mayo de 1935

Derek no quería perder las pocas esperanzas mientras seguía con sus trámites para liberar a Helene. Rommel había accedido a hablar con un personaje muy significado del régimen, aunque no le comentó cuál. Pasaron las semanas, y también un par de meses, pero nada cambió. Él continuaba con su trabajo en el ministerio y el general Werner von Blomberg parecía más distante cada vez, como si estuviera dándose cuenta de que la única forma de sobrevivir en el régimen nazi era mirar para otro lado y vivir el día a día. Hitler, cuanto más seguro se sentía, más autoritario y frío se mostraba. Lo había visto en un par de ocasiones y había tenido la tentación de abordarlo para interceder por Helene, pero en el último momento no se había atrevido.

Aquella tarde parecía que el calor prometía llegar pronto a Berlín. La ciudad estaba radiante, la gente disfrutaba en las terrazas o paseando por las amplias avenidas. El paro se había reducido drásticamente, Alemania comenzaba a recuperar el ánimo y, salvo algunos transeúntes que caminaban rápido para pasar desapercibidos con sus largas barbas y tirabuzones, todo el mundo parecía feliz.

Derek se preguntaba en ocasiones si vivía una mascarada. Los nazis habían asesinado a muchos disidentes y viejos enemigos políticos, y varios cientos de miles estaban en cárceles o en campos de concentración, pero nadie mostraba el menor atisbo de descontento.

El joven oficial estaba en su despacho cuando atendió la llamada.

—¿Teniente Derek von Sholtz?

—El mismo —contestó de manera formal. Nunca recibía llamadas privadas en ese número.

—Soy el asistente personal de Reinhard Heydrich.

Derek se quedó mudo y se puso recto en la silla.

—Dígame, ¿en qué puedo servirle?

—El director de la Gestapo puede reunirse con usted la semana que viene. Podría venir el martes a las nueve de la mañana…

—Sí, claro —dijo tartamudeando y después colgó.

Comenzó a sudar y se levantó de la silla. Aquella cita solo podía significar una cosa: la mediación de Rommel había funcionado.

El día más feliz de Lena fue a la vez el más desdichado. Se había casado con el hombre que amaba, pero le faltaba su mejor amiga. Gracias a Derek, se había enterado de que estaba bien y que esperaba un hijo. Cada día que acudía a la biblioteca, no podía evitar pensar en ella. Nunca se sentaba en su mesa, aunque la habían nombrado la nueva directora. Había tenido que unirse al partido, algo que no podía perdonarse, pero, si quería mantener los libros a salvo, debía hacer ciertos sacrificios.

Klaus también estaba mucho más tristón, aunque intentaba disimular. Llevaba el peso de los programas en los barrios obreros, pero la mayoría habían sido absorbidos por las Juventudes Hitlerianas.

—¿Sabes algo más de Helene?

Era la pregunta habitual de su amigo. Ella siempre respondía negando con la cabeza, intentando disimular la angustia que sentía, pero aquella mañana iba a ser diferente.

El cartero llegó con las cartas, las dejó sobre la mesa y se despidió amablemente. Lena las ojeó con cierta indiferencia hasta que reconoció de inmediato la letra de Helene y le dio un vuelco el corazón.

—¡Dios mío! —exclamó algo nerviosa y echó mano del abrecartas.

—¿Qué sucede? —le preguntó Klaus mientras se acercaba.

Lena abrió la carta y comenzó a leer en voz alta.

Querida amiga del alma:

Te escribe la bibliotecaria solitaria. Lamento no haber podido acudir a tu boda, pero en espíritu estaba a tu lado. No hay mayor amor que el de quien da su vida por sus amigos, como decía Jesús. Me hace muy feliz saber que ahora ya estarás para siempre unida a Gabor, el hombre más maravilloso del mundo después de mi Derek.

Imagino que ya sabes que espero un bebé. Me encuentro bien y tener un niño es el mejor regalo que me ha podido dar Dios.

Aquí sigo con mi amor a las letras, ya sabes que para mí el mundo solo tiene sentido a lomos de un buen libro. Te quiero mucho y espero verte pronto.

Tu amiga y hermana del alma,

Helene

Los dos se quedaron en silencio y después se miraron el uno al otro. Klaus se agachó para abrazarla y ambos arrancaron a llorar. Los tres habían estudiado juntos, dirigido aquel lugar y creado la Biblioteca Secreta de Berlín.

—¿Te has dado cuenta? —le preguntó Lena entre llantos a su amigo.

—No te entiendo —dijo este intentando que sus lágrimas no empapasen la blusa de su amiga.

—Helene ha abierto una biblioteca secreta también en el campo. Es increíble, solo a alguien como ella se le podía ocurrir hacer algo así.

Helene parecía siempre atareada. Además de su trabajo en la confección de trajes y las clases por las tardes a las mujeres analfabetas, también prestaba los libros a algunas presas.

Anna le habían enseñado un hueco que había en una de las paredes cerca de la habitación de la encargada del bloque, que vivía en un cuarto aparte. Cuando no había nadie, Helene entraba en el barracón, sacaba un libro, se dirigía a otro taller con alguna excusa, entregaba el ejemplar a una compañera y le advertía del plazo de devolución. De esta manera ya tenía prestados más de la mitad de los ejemplares.

Las reclusas no tenían prohibido leer, pero sí que había censura de ciertos títulos y por nada del mundo podían intercambiarse libros con otras prisioneras.

Una tarde, Alice, que leía fascinada *Orgullo y pre-*

juicio, no se dio cuenta de que se le acercaba Elke con sus matonas.

—¿Qué tienes en las manos, rata? —le dijo mientras le quitaba el volumen. Leyó con dificultad—: *Orgulloooo y prejuiciiio*. ¿Qué mierda es esto? ¿Un libro de un inglés?

—¡Devuélvemelo! —le ordenó la chica dando un brinco. La mujer la paró con una mano y le dio un fuerte empujón. La chica se golpeó con la litera.

En ese momento entró la responsable y vio la pelea.

—¿Qué sucede?

—La berlinesa tiene un libro. La muy guarra está traficando con esto —le dijo mientras se lo entregaba.

La responsable miró la portada y después a Alice.

—Voy a tener que denunciarlo —comentó mientras se marchaba con el libro.

Elke sonrió satisfecha mientras la mujer se alejaba.

—Esto va a tener consecuencias. Ya verás cuando se entere la guapa Ludmila de lo que estáis haciendo las dos a sus espaldas.

Alice se echó a temblar. Sabía que la guardiana intentaba encontrar en alguna falta a su amiga para volver a pegarle. Se puso a llorar y salió del barracón para intentar advertir a Helene, pero era demasiado tarde. Ludmila, con el libro en la mano, estaba hablando acaloradamente con la guardiana.

—Señora, perdone —dijo Alice acercándose.

—¿Quién te ha dado vela en este entierro? —le dijo y después la golpeó con la porra.

—¡No haga eso! —exclamó Helene, que le paró la mano antes de que soltara el segundo golpe. Ludmila sonrió al ver lo que había hecho la mujer. Se liberó la mano y comenzó a golpear a Helene hasta que cayó al suelo inconsciente.

La sangre le manaba de la nariz y de un brazo hasta formar un pequeño charco. La guardiana miró el cuerpo tirado en el suelo y tuvo un atisbo de culpa, pero enseguida apartó esa idea de la mente. «No son humanos», dijo en voz baja. Agarró a Helene de los pelos y la arrastró hasta la puerta del barracón; la dejó allí, inerte, con los ojos abiertos pero sin ver nada.

Esos golpes habían dañado algo más profundo que su cuerpo. Su alma estaba herida, todo lo que había creído y luchado durante su vida estaba en cuestión. Helene cerró los ojos y se dejó ir.

23

Anna

Moringen,1 de junio de 1935

Helene no regresó al hospital. Sus heridas eran más superficiales que la vez anterior, pero tardó unos días en recuperar el ánimo. La encargada del barracón la dejó dormir; sabía en qué estado se encontraba y que existía peligro de aborto. Anna le llevaba comida por la mañana, la tarde y la noche. Alice, que se sentía muy culpable por lo sucedido, le leía por las noches para intentar que los libros sanaran las heridas invisibles de su alma. La bibliotecaria pensaba mucho en Derek y su vida fuera del campo, no quería dejarse atrapar por las cadenas que la rodeaban; lo que esperaban las guardianas era doblegar su voluntad. Sintió que su corazón podía vencerse casi hasta un punto que le dolía físicamente, pero de alguna manera tuvo la convicción de que nunca se rompería, de que Dios había depositado en el interior de cada ser humano una fuerza casi infranqueable de dignidad y amor propio.

La belleza de las palabras que escuchaba cada noche en la dulce voz de su amiga también comenzó a surtir su efecto. Sus viejos amigos los libros estaban sanándola de nuevo.

—¿Cómo te encuentras? —le preguntó Anna mientras le acariciaba la frente. Su amiga se echó a llorar—. No te preocupes, todo es pasajero. Aférrate a esta idea, la vida es mucho más que unos pocos años de sufrimiento en este mundo. A este lado de la eternidad todo parece confuso y doloroso, pero al otro lado hay esperanza. Cuando miramos a la vida con esa perspectiva, el dolor se disipa en parte.

Las palabras de Anna le eran dulces al paladar, pero parecían amargarle el corazón.

—No sé qué hay en la eternidad, eso no me consuela —le contestó mientras se incorporaba un poco—. Dios está permitiendo todo esto, ¿por qué lo hace? ¿No ve cómo sufrimos?

—Podemos sentar en el tribunal de los acusados a Dios para no tener que sentarnos nosotros como humanidad. Eso también, en el fondo, es muy humano. Lo que sucede aquí es obra de todos nosotros, de esa capacidad para odiar y convertirnos unos a otros en bestias, qué digo, peores que bestias. Soy una mujer sencilla y he leído un poco, pero estos ojos arrugados por el tiempo han visto muchas cosas —dijo mientras comenzaba a aguársele la mirada—. Si no existe la eternidad, toda esta gente que ha hecho tanto mal quedará libre sin que paguen por sus crímenes. Las tropelías contra tantos inocentes claman sin cesar; si somos un mero suspiro, un espectro que pasa, ¿quién les hará justicia?

Helene entendía lo que le decía su amiga, pero aquello hundía todo lo que habría creído durante años. El paraíso era posible en la tierra, eso al menos habían prometido muchas ideologías, pero, cada vez que alguna trataba de llevarlo a la práctica, los resultados parecían nefastos.

—Tendré que confiar en tus palabras, creo a través de tus ojos —le dijo al fin a Anna y las dos se abrazaron.

Al día siguiente, Helene se levantó, se dirigió al taller e hizo como si nada hubiera sucedido. Cada vez se sentía más pesada por el embarazo, pero la sensación de tener una vida dentro del vientre era algo que le hacía sonreír a cada momento. Que en medio de tanta muerte y sufrimiento surgiera la vida era como una especie de acto de rebeldía y de bondad que les regalaba la existencia.

Transcurrieron un par de semanas monótonas y llegó el calor del verano, pero los días más largos eran agotadores. Las guardianas las obligaban a trabajar casi de sol a sol, como esclavas. Los cuerpos se agotaban y las condiciones empeoraban día a día: menos comida y más trabajo; y las guardianas, cada vez más crueles.

Helene comenzó a percatarse de que Anna estaba adelgazando mucho. Sospechaba que reservaba una parte de su ración para ella. Comía por dos y los suplementos que le enviaba la doctora tampoco eran suficientes. Unos días más tarde, Anna cayó enferma; parecía una gripe, pero la dolencia se fue complicando hasta que la ingresaron en el barracón hospital.

Las tornas habían cambiado y ahora era Helene la que cuidaba a su amiga. Además de llevarle alguna sopa caliente y hacerle compañía, le contaba las novedades del campo y las noticias que les llegaban del exterior.

—Alemania va a organizar los Juegos Olímpicos el año que viene.

—Me parece increíble que las naciones civilizadas permitan eso —comentó Anna, que a continuación arrancó a toser.

—No hables, conserva las fuerzas —comentó su amiga.

—Soy vieja, lo que menos me quedan son fuerzas —dijo mientras sonría, pero otro ataque de tos la dejó sin aliento. Helene le dio un sorbo de agua, aunque una parte se le derramó a la anciana por la comisura de la boca. Parecía que los ojos se le salían de las cuencas.

En muy pocos días, el rostro de Anna reflejaba el agotamiento como si se le estuviera escapando la vida.

—Me voy a morir. Siempre pensé que saldría de aquí con vida y vería a mi familia de nuevo, pero Dios no lo va a disponer así. ¿Puedo pedirte algo?

—No digas esas cosas, mejorarás... —replicó Helene. Se mordió los labios para contener las lágrimas.

—Busca a mi familia y diles que los he querido mucho, y también entrégales esta carta. Que se marchen de Alemania, esto no va a parar aquí. Esa gente está poseída por el mismo diablo.

La tos dobló el pecho de la anciana y Helene avisó a la doctora.

—Será mejor que descanse un poco.

Helene le dio un beso en la frente y las dos mujeres se alejaron.

—¿Cómo la ve, doctora?

—Muy mal, creo que no va a poder superarlo. La infección se extiende por los pulmones y no tengo nada para frenarla.

—Si hablo con el director, tal vez él tenga compasión de Anna.

—A esta gente no les importamos un bledo, somos simples esclavos de los que extraer lo máximo posible.

Helene miró a su amiga en la cama. Tenía los ojos cerrados y parecía apagarse poco a poco. Temía dejarla sola y que al regresar ya se hubiera ido. La muerte era siempre una forma de renuncia, pero esa mujer era la que la había ayudado a sobrevivir en el campo.

Caminó entre lágrimas hacia su barracón. Al ver a Alice, la abrazó y se echó a llorar desconsoladamente. La joven intentó consolarla, pero acabó por unirse a ella. No le quedaban palabras con las que ayudarla, aunque el verdadero amor no necesita de ellas para hacerse entender.

A la mañana siguiente, Anna no despertó. Se fue en paz, rodeada de amor, del mismo modo en que había vivido y con una dulce sonrisa en los labios. No pudieron enterrarla, las guardianas se llevaron su cuerpo. Helene se pasó el día conmocionada, llorando y pensando en ella.

Transcurrida la noche, se lavó la cara, dio gracias a Dios por haberla conocido y decidió luchar por salir de allí y regresar con amor. Todo lo demás dejó en ese momento de tener importancia para ella. ¡Iba a sobrevivir!

24

Parto

Moringen, 2 de agosto de 1935

Helene se fatigaba a cada momento. No tenía la barriga más grande del mundo, pero en las últimas semanas le costaba caminar, agacharse y sobre todo dormir. Se pasaba las noches pensando, escuchando las cigarras que parecían desafiar a la luna, a los pájaros que la recibían al despuntar el alba, hasta que intuía los cielos azules y brillantes con los que amanecía casi todos los días. Echaba de menos a Anna, que había dejado un gran vacío en su alma; por otro lado, intentaba ocupar la mente en ayudar a Alice, seguir enseñando a leer y escribir a algunas de las prisioneras y mantener su pequeña biblioteca.

Una de esas mañanas de primeros de agosto ya no

se pudo levantar. Dejaron que se quedase en la cama y, a pesar de la incomodidad, intentó leer un poco. Enseguida su mente se fue a las preocupaciones. Llevaba casi dos meses sin recibir carta de Derek y eso la angustiaba. La única misiva que le había enviado a Lena y la respuesta de su amiga la habían animado, pero no tener noticias de su esposo la inquietaba. Además, él debía de saber que ya no le quedaba mucho tiempo para dar a luz.

La mujer sacó las cartas que conservaba y comenzó a releerlas. Siempre se había impuesto demasiados deberes en la vida, queriendo contentar a todos, hacer felices a los demás. Ahora que había vivido al límite de sus fuerzas y tan cerca de la muerte, el único deber que se iba a autoimponer era amar.

Dejó de leer las cartas y las volvió a guardar. Se incorporó para mirar por la ventana y, sin darse cuenta, se puso a observar el barracón. Era poco más que una cuadra. El mal olor en verano resultaba aún peor, por el suelo correteaban las cucarachas y habían tenido que combatir a piojos y chinches. Afortunadamente, en el campo no había espejos, pero cada vez que se veía reflejada en el agua de la palangana, apenas se podía reconocer. Había perdido las mejillas, los ojos parecían salírsele de sus órbitas, se había convertido en piel y hueso, con la excepción de su barriga.

La mujer se tocó la tripa y comenzó a hablar a su bebé en voz alta.

—Nunca pensé que te traería al mundo en un lugar como este. Uno siempre desea lo mejor para sus hijos, pero quiero que sepas que nunca te faltará amor. Tu padre te quiere mucho, aunque se halle muy lejos de nosotros. Estoy convencida de que nos sacará de aquí y volveremos a estar todos juntos.

Helene sintió que se asfixiaba y cambió de postura. Cada vez percibía mejor al feto, que parecía encontrarse incómodo en su vientre, como si estuviera ya preparado para ver el mundo.

—Tenemos lejos a los abuelos, también a tu tía y a nuestra gata. Te va a encantar Kaiser, vas a ser su nuevo juguete. Te prometo que te sacaré de aquí. A veces pienso en el mundo al que te he traído y... ¡uf!, casi se me corta la respiración. Me gustaría que las cosas fueran diferentes, pero lo bueno que tiene el campo es que te rehace el orden de prioridades en la vida.

Se sentó en la cama y comenzó a resoplar. Una contracción inesperada la hizo encogerse.

—Creo que ya no aguantas más —dijo a su bebé mientras rompía aguas. No sabía a quién llamar. Se levantó con dificultad y notó como el líquido acuoso, mezclado con pequeñas vetas de sangre, le recorría las piernas y empapaba el suelo de madera seca.

—¡Dios mío! —exclamó asustada. Los pocos metros hasta la puerta se le hicieron eternos. Cuando llegó al umbral y la abrió, pudo observar el gran patio completamente desierto; la gente estaba trabajando.

Miró a todos lados con desesperación y se decidió a ir andando sola hasta el hospital.

No llevaba unos metros recorridos cuando le dio otra contracción. Se agachó y respiró hondo. Esperó a que se pasase un poco y continuó el camino.

En mitad del patio, un dolor agudo la atravesó y la derrumbó en el suelo. En ese momento pasaba una prisionera y, al verla caer, corrió hacia ella.

—¿Te encuentras bien?

—No, estoy de parto —dijo Helene sudorosa, con la cara colorada y los ojos muy abiertos.

La mujer se quedó muda. Cuando reaccionó, arrancó a correr hacia el hospital. Unos minutos más tarde, dos mujeres aparecieron con una camilla y la llevaron al barracón médico.

La sala de operaciones era la misma de exploración. La doctora la tumbó e intentó tranquilizarla.

—Esto mismo lo han hecho las mujeres de todo el mundo desde hace miles de años.

Alice llegó en ese momento, una compañera la había avisado. Le tomó la mano y se la estrechó.

Helene pensó en Derek y en cuánto le hubiera gustado que viviera ese momento; apretó la mano de su amiga y empujó con todas sus fuerzas. Cada sacudida la desgarraba, pero tenía la sensación de que había que sacar al bebé de su seno lo antes posible.

La doctora levantó la cabeza y miró a la bibliotecaria.

—Parece que tiene enredado el cordón umbilical en el cuello. Tengo que darle la vuelta por dentro —le advirtió. Metió la mano y lo giró. El dolor fue insoportable, pero la obligó a empujar de nuevo y entonces notó que el niño salía, como el corcho de una botella de champán.

Escuchó el llanto y estiró el cuello para ver a su bebé, que tenía la cara amoratada. La doctora cortó el cordón umbilical y se lo entregó. Helene sintió el cuerpo caliente del niño, la piel suave y el olor a sangre. Lo apretó contra su pecho y entre lágrimas le dijo:

—Bienvenido, Alexander. Soy tu madre y la persona que más te querrá en esta vida. No lo olvides nunca.

Rompió a llorar de alegría por ese regalo que le daba el cielo, pero también por su amado, que no sabía dónde estaba. Le angustiaba imaginar que le hubiese podido pasar algo. El bebé, vulnerable y frágil, le agarró el dedo y le transmitió una fuerza sobrehumana. Nunca se había sentido tan fuerte. Helene tenía una razón más para luchar y salir de allí.

Habían transcurrido varios meses desde su encuentro con Reinhard Heydrich y Derek estaba comenzando a pensar que el líder nazi no iba a hacer nada por liberar a su mujer, a pesar de que estaba embarazada y sus cargos eran leves.

La conversación con Heydrich fue una de las más difíciles de su vida. El hombre era grande, de rasgos angulosos y mirada muy fría. Parecía escrutarle con la mirada, pero por fortuna le caían bien los soldados, a pesar de que había sido expulsado del ejército siendo más joven por cuestiones de deshonor.

—Su esposa embarazada, entiendo. Es medio judía... Una contrariedad, ya sabe la opinión de nuestro Führer sobre esa raza... —iba diciendo el director de la Gestapo. Derek no contestó, se limitó a agachar la cabeza—. Además, parece que ha apoyado proyectos en barrios obreros y que no estaba muy de acuerdo con la depuración de los bibliotecarios contrarios al Estado y de los judíos. No colaboró con la destrucción de libros peligrosos...

Heydrich acabó la lectura del expediente de Helene y levantó la vista.

—Mi padre es un artista, ¿sabe? —prosiguió—. Aunque fundó una academia de música para que la familia subsistiera, ha pasado la mitad de su vida arruinado. El carácter del artista nunca llega a neutralizarse del todo... Intentaré hacer algo por su mujer, pero con dos condiciones.

—Lo que sea —respondió Derek.

—Su mujer dejará la biblioteca y toda actividad relacionada con los libros. Lo que hace grande a la raza aria jamás se encontrará entre las páginas de un libro. Lo que nos hace grandes como país es la genética, la unidad como pueblo y nuestro guía. Él sabe lo que nos conviene. La otra condición es que se dedicará por completo a la familia y entrará en el partido. En el fondo estamos siendo muy generosos... Ella es medio judía y ya circula demasiada sangre de esas ratas, pero esperamos que la de usted se imponga y, mezcladas, den lugar a unos hijos que sean verdaderos arios.

—Muchas gracias, es un gesto que le honra —dijo Derek.

Reinhard se puso serio de repente y frunció el ceño.

—No crea que estoy haciendo un acto de misericordia. Lo único que me importa es que una familia alemana continúe procreando y engrandeciendo a nuestra nación. Nos espera un futuro glorioso, un Reich de mil años. *Heil Hitler!*

Derek hizo el saludo nazi y después salió del despacho. Tenía el corazón acelerado y un fuerte dolor de cabeza, y tampoco le abandonaba la sensación de que la vida de su mujer aún pendía de un hilo, pero al menos aquella conversación le había infundido de nuevo esperanzas en un rápido reencuentro.

Al cabo de unos meses, Derek recibió una notificación en la que se le informaba que su mujer sería liberada y la fecha en la que podría ir a recogerla. Cuando el cartero la dejó en conserjería, Sebastian intentó fisgar la carta, pero el sobre era opaco. El oficial había logrado ocultar todo ese tiempo dónde estaba Helene; no se fiaba de nadie excepto de sus amigos.

—¡La van a liberar! —exclamó mientras acariciaba a Kaiser. Como si le entendiera, la gata dio un maullido de satisfacción.

A Derek se le saltaban las lágrimas: quería imaginar el rostro de su amada, pero era incapaz, el tiempo había comenzado a borrarlo de la memoria. Se secó los ojos y llamó a Lena para darle las buenas noticias. Luego telefoneó a los padres de Helene. Maria no pareció alegrarse demasiado.

—¿Se encuentra usted bien? —preguntó Derek a su suegra, extrañado.

—Sí, estoy deseando volver a ver a mi niña, pero mi querida madre acaba de morir.

El hombre se quedó sin palabras. Le dio el pésame y, tras colgar, sintió que una parte de su alegría se había esfumado. Esos tiempos tristes dejarían paso a otros mejores, pero soportar sobre los hombros todo aquello era demasiado duro. Sentía como si llevase en su interior una profunda carga. No entendía por qué sucedían todas esas cosas. Entonces se dijo que la fe era como un oasis en su interior que el desierto de la vida no podría alcanzar jamás.

25

Salida

Moringen, 22 de septiembre de 1935

El tiempo es el único bien que el ser humano no puede recuperar. El reloj de arena sigue su curso infatigable desprendiéndose hasta del último grano, que al caer detiene el reloj de la existencia. Helene lo sabía y, a pesar de la dificultad de criar un bebé en el campo, intentó seguir con el resto de sus actividades. Todas la querían, menos Elke y sus matonas. Era increíble que una sola persona tuviera la capacidad de transformar el ambiente y traer algo de esperanza y luz al lugar más oscuro de la tierra.

Alexander era precioso. La doctora le conseguía refuerzos y vitaminas para que Helene pudiera darle el pecho. Una guardiana, que conservaba un poco de humanidad, le había conseguido algo de ropita para el bebé.

Helene no podía dejarlo en su cunita, al lado de la máquina de coser. Era como una extensión de ella, como si aún continuase en sus entrañas.

—¡Qué hermoso es! —le dijo emocionada una de las compañeras.

Ella sonrió y miró al bebé con orgullo. En ese momento entró una de las guardianas, Anna Klein, y le dijo a Helene que la jefa, Ilse Goebbels, quería verla.

La mujer dudó si llevarse al niño o dejarlo allí. Al final le dijo a Alice que lo cuidara. Se dirigió al edificio de oficinas por primera vez desde su llegada a Moringen. A diferencia del resto del campo, la limpieza y el orden eran estrictos. Llamó a la puerta y entró.

No había hablado jamás con Ilse Goebbels. Todas la temían. Era la guardiana más veterana y, por lo que decían las demás, la más cruel de todas.

—Helene von Sholtz, he oído hablar mucho de ti. Creo que tus compañeras te adoran. Sé que a algunas las enseñas a leer y escribir, aunque esos animales, esas bestias no se lo merecen. Pierdes el tiempo con ellas.

A las guardianas les encantaba el sonido de su propia voz. La bibliotecaria dejó que la otra siguiera con su perorata.

—Bueno, felicidades por tu bebé. Pero, como ya sabrás, este no es un buen sitio para tenerlo…

Se hizo un incómodo silencio.

—Por eso hemos pensado darlo en adopción —soltó la jefa de las guardianas—. Una familia alemana puede criarlo con más sabiduría. No podemos permitirnos perder un niño sano para Alemania. Cada una de las gotas de nuestra sangre cuenta.

Helene notó una fuerte opresión en el pecho. No encajaba lo que esa mujer le estaba diciendo. En el campo nada les pertenecía, ni siquiera su propia vida, pero no podía robarle a su hijo.

—Señora, Alexander está sano y en perfectas condiciones, pronto saldré de aquí y…

—Creo que no me has entendido. Mañana a primera hora, una funcionaria se lo llevará a su nueva familia de acogida. No hace falta ni tu consentimiento. ¡Es una orden! —gritó Ilse, que de inmediato se puso en pie y se acercó a la puerta—. Ahora, será mejor que te marches antes de que pierda la paciencia.

Helene pensó en suplicarle. La desesperación le invadía el alma entera, pero esas sádicas parecían disfrutar con el sufrimiento ajeno. Se limitó a salir y a recorrer el pasillo sin la más mínima expresión. Una vez fuera, se echó a llorar.

Derek preparó el coche. Su madre y su suegra le habían dado ropa para el bebé y comida para Helene, porque no sabían cómo se habría podido alimentar durante todo ese tiempo. También llevaba un vestido nuevo y limpio de verano para ella, además de maquillaje, por si lo quería. Cuando cerró el maletero, se le dibujó una sonrisa en los labios. Ya quedaban pocas horas para que se reencontrara con su amor. El viaje por carretera hasta Moringen era largo, más de seis horas, pero intentó disfrutar de un día resplandeciente de verano. Llevaba la ventanilla abierta para dejarse embriagar por el olor de los campos y el sonido de los ríos que bajaban de las montañas que debía atravesar antes de llegar a su destino. Se lo tomó como una larga excursión. El ambiente en Berlín era asfixiante e irse unos días fuera de la ciudad le parecía una liberación.

Llegó a las afueras de Moringen casi al mediodía. Aparcó cerca de la puerta y fue con la carta de la liberación en la mano. Nadie se acercaba al campo a pie, por lo que el guarda le mandó que se detuviera mientras le apuntaba con un arma. Derek se colocó la gorra militar y se abrió la gabardina mostrando el uniforme. La actitud del guarda cambió.

—Teniente. ¿En qué podemos ayudarle? ¿Se ha extraviado? Esta carretera no tiene salida.

—No, vengo a liberar a una prisionera —contestó mostrando la notificación.

—Un momento —dijo el guarda mientras llamaba a su superior. Salió de una garita un hombre rechoncho con su ridículo bigotillo hitleriano y leyó la carta.

—Está bien, voy a hablar con el oficial al mando.

Unos minutos después, regresó y lo acompañó a

las oficinas. Ese lugar le produjo escalofríos, más todavía sabiendo que allí había nacido su pobre hijo y había vivido su esposa, aunque esa pesadilla tocara a su fin.

Le recibió el mismísimo Hans Wehmeyer, el comandante del campo, que parecía un hombre afable. Le pidió que se sentara.

—Han ido a buscar a su esposa y en un momento la traerán. ¿Viene usted desde Berlín? —preguntó el oficial de la Gestapo.

—Bueno, sí. Salí esta mañana temprano.

—Espero que haga algo menos de calor que aquí.

—Sí, algo menos, pero es más húmedo.

La banal conversación se cortó en cuanto apareció una guardiana con Helene. La mujer estaba demacrada, con el pelo cortado casi al cero, la piel pálida y unas profundas ojeras negras. Su cara había enflaquecido hasta casi mostrar todos los huesos del cráneo, pero sus hermosos ojos continuaban intactos.

La mujer se le abrazó y comenzó a llorar.

—Se quieren llevar al niño.

Derek la apartó y la miró a los ojos.

—¿Quién se lo va a llevar? —preguntó confuso.

—La guardiana, para entregarlo en adopción.

Derek se dio la vuelta y miró al oficial.

—¡Es inadmisible! ¡Traigo una orden de liberación inmediata! ¡Está escrita por Heydrich en persona!

El oficial al mando reaccionó al escuchar el nombre y se puso en pie. Se dirigió a la guardiana y le ordenó:

—¡Traigan al niño de inmediato!

La guardiana regresó a los pocos minutos con el bebé en brazos. Su madre se lo quitó y se lo pegó al pecho. Derek no pudo ni verle la cara. Abrió la puerta y, tras saludar al oficial, salió del despacho con Helene y Alexander.

Caminaron con paso firme hasta el patio y después hacia la puerta. En cuanto atravesaron la verja, se pararon y se abrazaron de nuevo.

—Amor, cuánto tiempo he esperado este momento —dijo Derek mientras le besaba todo el rostro destrozado por el hambre y las penalidades. Ella se echó a llorar y el sabor salado de las lágrimas se mezcló con el dulce de la liberación.

—Este es tu hijo. Se llama Alexander —le dijo orgullosa. A diferencia de la madre, la piel rosada del bebé y su aspecto saludable le emocionaron.

—Alexander, estoy muy contento de conocerte. Soy tu papá —dijo mientras le acariciaba la cabecita. Después lo tomó en brazos.

—Espera —le pidió su mujer. Entonces se acercó a unos matorrales e hizo una señal.

—¿Qué haces? —le preguntó su marido.

—Dame el niño y ten el coche en marcha.

El hombre obedeció sin entender nada. Helene entró y dejó al niño tumbado; después abrió la otra puerta y una joven subió al vehículo y se quedó agachada en el asiento trasero.

—¿Quién es? ¿Qué estás haciendo? No podemos…

—Se viene con nosotros.

Alice había escapado por un agujero en la verja. En cuanto Helene se enteró de su liberación, la llamó. Sabía que la chica no sobreviviría sola en Moringen. Las guardianas no se darían cuenta hasta por la tarde y entonces ya estarían muy lejos de allí.

26

Regreso

Berlín, 25 de septiembre de 1935

Helene y Derek no viajaron directamente a Berlín. Tenían miedo de que la Gestapo fuera a su casa en busca de Alice. La bibliotecaria había pensado que era mejor dejarla en el Sarre, una zona que el ejército alemán había recuperado unos pocos meses antes. Una tía de Alice vivía cerca de Saarbrücken, la pequeña capital de la región.

Pasaron toda la tarde y parte de la noche de viaje. Solo se detuvieron para dar de comer al niño o cambiarle los pañales. Toda la comida que había reunido Derek les vino muy bien. Alice y su esposa parecían insaciables; había tantos sabores que llevaban casi un año sin probar que era todo un espectáculo ver la expresión de sus caras y el placer que parecían experimentar.

Era casi de madrugada cuando llegaron a la granja en la que vivían los tíos de Alice. La joven estaba impaciente por verlos y Helene y Derek, por regresar a casa. Si algún control los hubiera parado, hubieran acabado todos en un campo de concentración. Las dos mujeres se habían cambiado de ropa, pero el pelo casi rapado y las caras demacradas revelaban de dónde provenían.

Los tíos de Alice tardaron mucho en abrir, debían de estar ya dormidos. En medio del silencio y la oscuridad de esa noche estrellada, los familiares de la joven, de poco más de cuarenta años, la miraron sorprendidos.

—¿Qué haces aquí? —preguntó su tía mientras se abotonaba la chaqueta. Era verano, pero refrescaba mucho por las noches.

—Me han liberado —mintió, pero su tía parecía no creerla del todo.

—Este no es un lugar seguro, hay soldados y SS por todas partes. Los nazis temen que los franceses intenten recuperar la zona —se quejó el hombre, que no parecía muy contento con la aparición de su sobrina.

—No tengo a dónde ir —dijo la chica, cabizbaja. No esperaba esa reacción. Gemma y Josef habían sido siempre sus tíos preferidos.

—Si la frontera no estuviera blindada, Josef te llevaría a Francia o a Bélgica.

Los cinco se quedaron en la puerta sin saber qué hacer.

—Pasen, al menos pueden descansar un poco —comentó al final Gemma. Les ofrecieron algo de caldo y un poco de pan. Después cedieron su cama a la pareja con el bebé y ellos durmieron en la otra habitación. Alice lo hizo en el sillón del salón.

Por la mañana, al escuchar el canto el gallo, las dos mujeres no recordaban al principio dónde se encontraban. Cada vez que se despertaban en el campo, volvían a estar prisioneras, pero en aquella ocasión el sueño se había hecho realidad.

Desayunaron todos juntos. Los ojos de Gemma se iban todo el rato a los del bebé.

—Perdimos a nuestros dos hijos hace tiempo, pero esa es una herida que siempre permanece abierta. Dios nos ha querido llenar de paciencia, pero la paciencia es amarga —dijo la mujer intentando no llorar.

—Lo siento mucho —le contestó Helene. Ella era madre desde hacía poco tiempo, pero podía imaginar el sufrimiento de perder a un hijo.

—¿Qué vamos a hacer? —preguntó Josef a su esposa. Miraban a su sobrina con cierta tristeza.

—Puede que la Gestapo venga a por ella a casa, pero si la mandamos con Sara, tu prima, no creo que la busquen allí. No vive lejos, a unos pocos kilómetros.

Alice abrazó a su tía. Hubiera preferido vivir con ellos y, sobre todo, no quería causar problemas a sus amigos.

—Lamento que el miedo sea capaz hasta de hacernos dudar de lo que está bien y mal —contestó Gemma mientras la abrazaba.

—Nosotros tenemos que salir para Berlín, nos espera un largo viaje —dijo Derek mientras se ponía en pie. Su esposa le entregó a Alexander y abrazó a su amiga.

—Todo esto pasará, resiste. Ojalá volvamos a encontrarnos algún día.

La chica comenzó a llorar amargamente. Helene había sido como una madre para ella. Le había enseñado a amar los libros, con ella había descubierto el poder que tenía en su interior.

—Gracias —le dijo entre lágrimas.

Los acompañaron hasta el coche. La mañana se levantaba calurosa y a lo lejos se veía una tormenta en las montañas. El coche salió del camino polvoriento y Helene miró por el retrovisor cómo se alejaban de la granja.

—Espero que le vaya todo muy bien —dijo a su esposo mientras ponía la mano sobre su pierna.

—Has hecho lo que has podido. Bueno, mucho más en realidad. Cada uno de nosotros tenemos nuestro destino. Dios nos junta por un tiempo, hacemos algo de bien a las personas y después cada uno continúa con su camino.

La mujer se echó a llorar. Nunca pensó que de aquel infierno del campo pudiera sacar algo bueno, pero se acordó de la doctora, de Anna, de Alice y de otras muchas mujeres. El mundo era un lugar inhóspito, y únicamente cuando te cruzabas con un alma gemela era como si de repente una fuente surgiera en mitad del desierto.

Berlín no había cambiado, pero ella sí lo había hecho. La ciudad parecía volcada en los Juegos Olímpicos del año siguiente. Los nazis habían limpiado los barrios más pobres, estaban construyendo la Villa Olímpica y, de paso, estaban intentado blanquear su imagen. Los periódicos ya no publicaban las soflamas antijudías, se habían quitado los carteles difamatorios de las fachadas y todo el mundo se esforzaba por sobrevivir en el nuevo orden de cosas. La sensación que percibía Helene era como si, después de un cataclismo, sobre las ruinas de lo viejo se intentara construir algo totalmente nuevo.

Después del recibimiento de su gata Kaiser, las primeras semanas no había querido ver a nadie, ni siquiera a su familia, sobre todo después de recibir la noticia de la muerte de su abuela. Su hijo era en ese momento el centro de su universo, lo único que le importaba en realidad. El resto del mundo le parecía sucio, mezquino y peligroso. Ni los libros parecían llamarle la atención. Incluso temió que hubiera perdido su vocación de bibliotecaria.

Una mañana, mientras Derek estaba en el trabajo, Lena llamó a su puerta. Cuando la vio por la mirilla, dudó si abrirle.

—Sé que estás en casa. ¡Abre, cabezona!

A Helene le dio un vuelco el corazón. Se había escondido durante esas semanas no solo por su aspecto; se sentía devastada por dentro, como si los nazis le hubieran robado lo poco de dignidad que le quedaba. No se sentía con fuerzas para recomponer las piezas rotas.

Al final abrió la puerta y la gata se asomó. Lena vio entonces la cara de Helene. Al principio se quedó paralizada, su amiga parecía una sombra de la mujer fuerte a la que siempre había seguido.

No dijo nada. La abrazó y así estuvieron un buen rato entre lágrimas.

—Lo siento mucho —dijo su amiga, que hubiera preferido que todo lo que había sufrido Helene le hubiera sucedido a ella.

—Es la vida, pero de Moringen he traído un bebé precioso. Y creo que me ha ayudado a descubrir quién soy en realidad.

Las dos se dirigieron a la cocina y se prepararon un té, como en los viejos tiempos. El aroma lo invadió todo y después, mientras se sentaban en el ventanal con vistas a la plaza, sintieron como si no hubiera transcurrido el tiempo.

—¿Cómo va tu vida de casada?

Lena le enseñó el anillo mientras lo señalaba con la otra mano.

—Siempre pensé que mi vida se dedicaría plenamente a los libros, pero ahora tengo que repartirla con un ser que ronca, le huelen los pies y a cada momento quiere solucionar mis problemas en lugar de pararse a escucharme.

Las dos comenzaron a reír y a lo lejos se escuchó el llanto de un bebé.

—Lo siento, lo hemos despertado —dijo su amiga poniéndose la mano sobre los labios.

—Ya había dormido suficiente.

Helene fue a por Alexander y lo trajo en brazos. Parecía que se le iluminase el rostro al lado del bebé. Lena se puso de pie y acarició la mejilla del pequeño.

—¡Es guapísimo! Ha salido a ti.

—Que manía tienes a Derek —bromeó Helene.

—Al menos sabe hacer algo bien ese prusiano. ¿Lo puedo coger?

Helene se lo dio a su amiga, que se lo apoyó en el pecho y se quedó callada un rato.

—Te queda muy bien, deberías tener uno.

Lena frunció el ceño.

—¿En este mundo de locos? ¡Ni hablar! Además, las dos bibliotecas ocupan todo mi tiempo.

Helene no mostró demasiado interés y las dos mujeres, después de dejar al bebé en la cuna, siguieron hablando.

—¿No quieres volver a la acción?

Helene negó con la cabeza. Conocía la advertencia que pendía sobre ella, no podía acercarse nunca más a los libros. Era el precio que debía pagar por sus pecados.

—Ahora soy madre —le contestó.

Lena miró a su alrededor, nunca había visto esa casa tan ordenada.

—Lo entiendo, pero Alexander crecerá.

—Imagino, pero para eso queda aún mucho tiempo.

Lena se recostó en la silla y miró al niño, que estaba justo a su lado.

—Lo entiendo, pero creo que debemos seguir luchando. Los libros te necesitan. En estos meses ha crecido aún más la Biblioteca Secreta. Nadie sospechará de una madre aria, a mí cada vez me vigilan más de cerca.

—Lo pensaré, pero no te aseguro nada.

Las dos mujeres variaron el tema de conversación. Intentaron que esas diferencias no las separasen, se amaban demasiado. Lena entendía que la vida de su amiga había cambiado mucho, pero era consciente de que, una vez que los libros entran en tu vida y forman parte de tu sangre y de tu carne, ya no te abandonan jamás.

27

La amenaza

Berlín, 19 de julio de 1936

Las heridas no las cura el tiempo, pero este al menos mitiga el dolor. Helene había encontrado algo de sentido a través de su hijo. Parecía que, en la inocencia absoluta de ese ser puro, el mundo le ofrecía esperanza de nuevo.

Derek solía llegar pronto. Daban un paseo para que el sol bautizara al niño cada tarde. Ya en casa, tomaban una cena ligera, acostaban a Alexander y charlaban sobre libros, música o simplemente la vida. Siempre evitaban hablar de política. Su marido necesitaba cuatro años más para poder retirarse con una paga razonable y ese era el único sueldo que entraba en la casa.

Los domingos visitaban a sus padres. Su abuelo se había ido a vivir con ellos, pero apenas era un cascarón vacío de lo que fue. La muerte de su esposa, la abuela Anna, le había dinamitado lo poco que le quedaba de su mundo. Varios de sus hijos se habían ido al exilio y su hija Maria era lo único que le quedaba.

Los domingos por la tarde, después de irse de casa de sus padres, paseaban los tres por el Tiergarten. A la sombra de los árboles se estaba fresco, y a Helene y Derek se les olvidaba en parte que estaban en la Alemania de Hitler. Dentro del parque no había esvásticas ni retratos del dictador.

Llevaban caminando un trecho cuando vieron, en el periódico que un berlinés leía sentado en un banco, que se había producido un golpe de Estado en España. Al instante rompieron la regla de no hablar de política.

—¿Qué crees que pasará en España? —preguntó Helene a su marido.

—No tenemos mucha información. Es un levantamiento militar que tiene el apoyo de algunos partidos de derechas y fascistas. Wilhelm Canaris, el director de los servicios secretos militares, mantiene contactos con los sublevados. Creo que van a pedir ayuda a Hitler, el ejército tiene sus mejores tropas en África.

—¡Dios mío, otra guerra! Después de lo que pasó en Europa… Parece que no hemos aprendido nada.

Los dos eran conscientes de cómo la tensión crecía en Europa y de que Hitler ambicionaba recuperar nuevos territorios para el Reich, aunque hubiera prometido a los alemanes que él nunca emprendería una guerra.

Se sentaron un rato en un banco. A pesar de llevar tanto tiempo fuera del campo, Helene aún arrastraba algunas secuelas. Se fatigaba y cansaba con facilidad, el bebé también le exigía mucho tiempo.

—Creo que deberías salir del ejército, cada vez es más peligroso permanecer en él.

—Es nuestro seguro de vida. Fuera del ejército, los nazis podrían volver a molestarnos —dijo Derek, resignado. El general Blomberg era una garantía para su seguridad, aunque cada vez parecía más distanciado de la cúpula nazi. Hermann Göring le odiaba, quería ocupar su puesto como ministro y jefe del ejército, pero Hitler seguía confiando en él.

—¿Sabes algo de Lena? Hace mucho que no la veo por casa.

Helene se revolvió en el asiento, no le gustaba hablar de ese tema. Su amiga tenía que encargarse de las dos bibliotecas y ella era incapaz de ayudarla.

—Está bien. Muy atareada y por eso nos vemos poco.

En ese momento sintieron una sombra amenazadora y ambos alzaron la vista. Justo enfrente, vestido con su uniforme de las SS, estaba Rudolf Kummer.

—Buenas tardes, espero que estén disfrutando de este delicioso domingo berlinés. Ya sabe, querida Helene, que siempre he odiado esta ciudad, pero, ahora que hay limpieza y orden, ya no tiene nada que ver con lo que fue. Además está preciosa, los Juegos Olímpicos van a ser un éxito.

Ninguno de los dos le dirigió la palabra ni le devolvió el saludo.

—¿Les ha comido la lengua el gato? Kaiser, creo que se llama. Perdonen la broma... —Hizo una mueca antes de continuar—: Veo que está alejada de los libros. Ya saben lo perniciosos que pueden llegar a ser, únicamente gente muy preparada puede lidiar con ellos sin que terminen de contaminarlos. En el futuro, me temo, ya no serán necesarios, porque con el cine y la radio se puede enseñar al pueblo todo lo que necesita saber.

La pareja se lo quedó mirando, no sabían a dónde quería llegar.

—Estimado Derek, querida Helene, quiero que sepan que hemos encontrado a Alice. No sabemos cómo escapó del campo de Moringen y llegó justo al otro extremo del país ella sola. La joven no ha querido hablar, a pesar de nuestra insistencia. Lo más triste de todo es que no resistió los interrogatorios y ya no está entre nosotros. Pero deben saber que no me he olvidado de ustedes dos. Sé que fueron ustedes quienes la ayudaron a escapar, y que también son ustedes los que tienen libros ocultos en alguna parte. No están seguros... Sé cómo hacer que los dos acaben en un campo y que su hermoso hijo sea acogido por una familia aria de verdad. Yo también tengo amigos muy poderosos… Que pasen una buena tarde.

El olor de los árboles al atardecer y la suave y fresca brisa no lograron apaciguar sus almas. Helene temblaba y Derek se había puesto rojo, como si estuviera a punto de estallar.

—¿Qué se ha creído? ¿Por qué no nos deja en paz?

—No le hagas caso, está rabioso —dijo Helene para tranquilizarlo, pero se echó a llorar. Alice era una chica buena, inocente y con toda la vida por delante.

Derek se puso en pie y su esposa le tomó del brazo mientras él manejaba el carrito. No dijeron una sola palabra en todo el trayecto, cada uno parecía absorto en sus pensamientos. Derek buscaba la forma de proteger a su familia, pero Helene no podía evitar pensar en una idea que le martilleaba la cabeza. Si aquel individuo no iba a dejarlos en paz, se sentía con el deber de cambiar las cosas. Tenía que servir de nuevo a los libros y a los hombres. Y prefería perderlo todo a seguir viviendo en ese mundo de mentiras y maldad.

28

La librería

Berlín, 19 de octubre de 1936

El encuentro con Rudolf Kummer en el parque le cambió la vida de nuevo. El lunes siguiente, Helene se presentó en la biblioteca. Cuando Lena y Klaus la vieron aparecer con el cochecito, se quedaron boquiabiertos. Les comunicó que regresaba de forma clandestina. Estaría supervisando la Biblioteca Secreta y, si la necesitaban, podía ayudarlos en la pública. Lena le indicó que era mejor que solo lo hiciera en la oculta: los inspectores pasaban por el trabajo constantemente y Rudolf Kummer estaba intentando descubrir alguna manera de encerrarlos y acabar con la biblioteca. Su amiga le propuso que trabajase en una librería judía llamada Kedem. Lena conocía a Lipa Bronsten, su fundadora; estaba sola y Helene podía serle de gran ayuda.

Al día siguiente se presentó en la librería. Enseguida hizo buenas migas con Lipa, una mujer determinada e idealista que por el momento renunciaba a emigrar, como buena parte de la comunidad judía en la ciudad, que casi se había reducido a la mitad. Helene recordó que su abuelo le había hablado en alguna ocasión de ese negocio especializado en sionismo y Tierra Santa.

Por las mañanas, después de dejar al niño con su madre, se marchaba a la librería Kedem. Atendía a las pocas personas que se atrevían a entrar. Los nazis habían frenado la represión contra los judíos por los Juegos Olímpicos, pero, en cuanto los atletas abandonaron la ciudad, retomaron su política antisemita. Llegaba a la casa de su madre algo tarde, para el almuerzo, comía algo ligero y se llevaba al niño a la Biblioteca Secreta. Al atardecer, regresaba a casa y cenaba con Derek.

Esa rutina le encantaba, especialmente la de las tardes. Cogía en brazos a Alexander cada día, lo paseaba por las estanterías y le contaba brevemente de qué iba cada libro. De vez en cuando, tomaba uno de los estantes y le leía un fragmento en voz alta, a pesar de que el niño no se enteraba de nada.

—Los libros necesitan respirar. Todos estos, pobrecitos, están asfixiados sin que nadie los toque ni los lea.

Después se sentó junto al niño en el suelo y comenzó a leer un fragmento de *Fausto*:

> He estudiado, ¡ay!, filosofía, jurisprudencia y medicina, y también, ¡por desgracia!, teología; profundamente, con apasionado esfuerzo. Y heme aquí ahora, ¡pobre loco!, tan cuerdo como antes lo fui. Soy magíster, y hasta soy doctor, y ya va para diez años que, por altos y bajadas, por llanos y revueltas, a mis discípulos de la barba llevo. ¡Y solo veo que nada podemos saber! ¡La sangre con esto se me hierve! Bien es verdad que tengo más juicio que todos esos fatuos, doctores, maestros, curiales, frailucos; no me atormentan ni escrúpulos ni dudas, no me asustan ni el diablo ni el infierno: en recompensa me ha sido arrebatada toda alegría, y no me imagino saber nada en concreto, no me imagino poder enseñar, ni mejorar ni convertir a los hombres. Tampoco tengo bienes ni dinero, ni decoro ni mundanos lujos…

La voz de Helene retumbaba contra las estanterías. El niño la miraba con atención, como si estuviera entendiendo el texto de Goethe. Ella parecía disfrutar con cada palabra; de nuevo los libros habían logrado rescatarla de su desesperación.

Antes de irse, recorría todas las plantas y se despedía de ellos, de los libros. Le daba pena que nadie pudiera leer la Biblioteca Secreta, pero lo primordial, mientras los nazis estuvieran en el poder, era conservar el legado cultural de Alemania, aunque a la mayoría de sus compatriotas no pareciera importarles demasiado.

Salió a la calle y notó el frescor; ya había oscurecido. Se dirigió al tranvía mientras observaba el imponente edificio de enfrente. Cada vez que pasaba por delante sentía un escalofrío, incluso recordaba el olor de las oficinas y el timbre de voz de Rudolf Kummer, siempre amenazante.

Llegó a su casa una media hora más tarde. Sebastian, el conserje, la ayudó a subir los tres escalones que había antes del ascensor. Cuando iba a abrir la puerta de su apartamento, escuchó ruido en la casa de su vecina. Llamó a la puerta algo preocupada y abrió una pareja joven de algo menos de treinta años, que la miraron de arriba abajo. Ella se sintió cohibida.

—Lo siento…

—¿Qué deseaba? —preguntó el hombre. Tenía el rostro anguloso y la frente despejada, con una pequeña cicatriz y el pelo peinado hacia atrás.

—Lo siento —volvió a decir—, pensé que le pasaba algo a mi vecina, la señora Smith.

El hombre frunció el ceño. Iba a cerrar la puerta cuando su mujer se lo impidió.

—Disculpe, me temo que la señora Smith ha fallecido. Nosotros somos el señor y la señora Meyer. Acabamos de mudarnos. De hecho, aún tenemos los muebles de la difunta…

Helene se quedó paralizada. Cómo era posible que no se hubiera enterado ni de que estaba enferma.

—¿Sus gatos? Tenía varios.

—Los hemos dado a una protectora, no nos gustan los animales —dijo la mujer—. Me llamo Lauralei y mi esposo, Joss.

La mujer le tendió la mano y miró al niño sentado en el cochecito.

—¡Qué ricura! —exclamó con cierto velo de tristeza en la mirada—. A partir de ahora nos veremos mucho. Espero que puedan venir un día para charlar y tomar un té. ¿Le gusta el té?

Helene se quedó muda y después reaccionó.

—Sí, claro. Me gusta mucho.

—Pues encantada, tiene un niño precioso. Un buen espécimen de nuestra raza aria.

—*Heil Hitler!* —gritó el hombre, y ella le imitó con la mano en alto.

Helene repitió el saludo con menos entusiasmo y después se fue a su casa. No sabía explicarlo, pero el encuentro la había inquietado. La muerte de su vieja vecina la había afectado mucho, pero esa pareja le transmitía una energía negativa que no logró quitarse de la cabeza en toda la noche. No le dijo nada Derek. Pensó que deberían ir a visitarlos para no levantar sospechas, aunque la simple idea de estar en la misma habitación con esa gente no le gustaba nada.

29

Amigos

Berlín, 31 de diciembre de 1936

Helene dilató todo lo que pudo la visita a sus vecinos. Las semanas se sucedieron sin muchos cambios y la Navidad pasó muy deprisa. La ciudad estaba engalanada, la situación económica de los alemanes había mejorado mucho en los últimos años y en casi todas las casas se recuperaron los platos más tradicionales. Para ella fue una Navidad triste al no tener consigo a su abuela, pero el mundo seguía girando y Hitler se había convertido en una parte más de la vida. Su gobierno se hacía cada vez autoritario, pero únicamente unos pocos parecían verlo.

El trabajo en la librería era sencillo y durante las últimas semanas del año apenas se pasó por la Biblioteca Secreta. Intentó que la primera Navidad de su hijo fuera de las más bonitas de los últimos años.

Cuando Derek llegó esa tarde del trabajo, los dos se arreglaron, vistieron a Alexander con sus mejores galas y llamaron a la puerta de los vecinos. Salió a recibirlos una criada, algo que les sorprendió de buenas a primeras, pero enseguida apareció Lauralei. Vestía un elegante traje largo de seda rojo, se había recogido el pelo, muy rubio, en la nuca y ya estaba maquillada para la fiesta de Nochevieja.

—Perdonen que les reciba así, a partir de las ocho llegará toda la gente. ¡Adelante! —les dijo con su mejor sonrisa, y después se quedó mirando al bebé con devoción.

Derek llevaba en la mano una botella de vino. No sabía si les gustaba, pero no quería presentarse con las manos vacías. En el pasillo se encontraron con Joss, que vestía un traje elegante hecho a medida y una camisa blanca impoluta. No mostró tanta alegría por verlos.

—Los vecinos, hace mucho que esperábamos su visita. Al menos podremos celebrar con ustedes el último día del año —dijo Joss mientras miraba con cierto desdén la botella de Derek.

Entraron al salón, que era mucho más amplio que el de ellos. La casa en general era más grande: tenía cuatro habitaciones, más otra para el servicio. Las vistas eran aún más espectaculares porque el apartamento ocupaba la esquina del edificio desde la que parecía que casi se podía tocar la Puerta de Brandemburgo. Las luces navideñas de la plaza le daban un aspecto mágico, casi irreal.

Se sentaron en unos sillones. Lauralei no le quitaba ojo a Alexander.

—Ha crecido, o al menos me lo parece a mí.

—Crece por días —contestó la madre con cierto orgullo. Se parecía cada vez más a su esposo.

—Nosotros..., bueno —titubeó antes de continuar, y lo dijo más bajo para que solo la oyese Helene—: No podemos tener hijos. Es una desgracia no poder darle más niños a nuestro Führer.

—Lo siento —comentó Helene, realmente apesadumbrada.

—¿Puedo cogerlo? —preguntó la vecina extendiendo los brazos.

—Claro —contestó Helene con una sonrisa. Se lo entregó con suavidad.

—Es precioso, un regalo del cielo. ¿Lo cuida usted sola?

—Por favor, tutéame.

—¿Trabajas fuera de casa? Joss no quiere que yo lo haga. Cuando nos conocimos, era secretaria en el Ministerio de Interior, pero él cree que una buena alemana se preocupa solo de su marido y de sus hijos.

Helene soltó un largo suspiro. Los nazis habían enviado a las mujeres de vuelta a la vida privada y al anonimato. Lo único que les interesaba era que dieran muchos hijos al Tercer Reich.

—Era bibliotecaria, pero ahora me dedico a ayudar en una librería por las mañanas, solo unas horas. Mientras tanto, Alexander se queda con mi madre, que no vive lejos de aquí —le explicó Helene, aunque no quiso entrar en detalles.

—¡Librera! Antes me fascinaba leer, todavía lo hago a veces, pero entre la radio, las salidas, las amigas y mis deberes con el partido, apenas tengo tiempo. Pertenezco a la Liga Nacionalsocialista de Mujeres. Soy una de las fundadoras y coordino varios programas, sobre todo con las jóvenes casaderas. Les enseñamos a ser madres y esposas devotas. Eso me tiene todo el día ocupada. ¿No perteneces a la liga? —preguntó la mujer de forma desenfadada.

—No, antes de tener a Alexander estaba muy liada y después, aún más.

—Entiendo... De todas formas, muchas mañanas estoy en casa, por si no tienes donde dejar al niño. Sería un placer cuidarlo. Estoy deseando que me concedan uno en adopción, aunque no es sencillo. Los niños huérfanos no suelen ser de raza aria, ya me entiendes...

Helene afirmó con un movimiento de cabeza y disimuló su incomodidad. En una media hora se irían a casa de los padres de Derek; no era el mejor plan del mundo, pero cualquier cosa sería mejor que aguantar a esa mujer.

—Sí, claro, lo tendré en cuenta.

A su lado, Derek mantenía una conversación aún más incómoda con Joss, que parecía que lo estuviera sometiendo a un interrogatorio para saber su vinculación con el partido.

—¿Por qué tardó casi dos años en afiliarse? ¿Acaso no le gusta el partido? —preguntó el hombre mientras se bebía de mala gana el vino que había traído Derek.

—Bueno, al principio hubo algo de confusión sobre si los militares podíamos o no entrar en el partido. Después se aclaró y me afilié —contestó el oficial para salir del paso, pero a Joss no debió parecerle suficiente.

—Un hombre de principios siempre hace lo correcto, aunque tenga que actuar en contra de algo tan caduco como esos altos mandos del ejército. Por su culpa perdimos la guerra. Si por mí fuera, los habría pasado a todos a cuchillo en cuanto llegamos al poder, como hicimos con los traidores de las SA —dijo de forma grosera, sin disimular la brutalidad de sus palabras ni de sus pensamientos.

Derek tomó la copa y bebió algo de vino.

—El conserje me comentó que su mujer estuvo una temporada fuera y que después regresó con su hijo, pero que la vio muy demacrada.

—Tuvo un embarazo difícil, de riesgo. Casi pierde la vida y al bebé. Gracias a Dios, los dos ahora están bien —contestó Derek intentando salir del paso.

—¿Gracias a Dios? Veo que aún conserva esas

creencias ancestrales, eso es que no ha leído a Hegel y a Nietzsche. ¡Dios ha muerto!

Helene se volvió hacia los dos hombres y tocó el hombro de su esposo.

—Tenemos que irnos, cariño, tus padres deben estar esperándonos.

—Es cierto —dijo mientras se ponía en pie como si hubiera accionado un resorte. Besó la mano de la mujer y después saludó al hombre.

—Ha sido un placer tenerlos en casa. Esta noche viene a cenar a casa el mismísimo Heinrich Himmler, qué pena que tengan otro compromiso previo. ¿Lo conocen? —les preguntó la mujer intentando darse importancia.

—Lo he tratado en el ministerio, pero de forma oficial solamente.

—Bueno, no les entretenemos más. El tráfico en la ciudad debe estar complicado.

La criada los acompañó hasta la puerta. En cuanto entraron en el ascensor, respiraron hondo y después se echaron a reír, más por relajar los nervios que porque les hicieran mucha gracia los nuevos vecinos.

—Uno siempre se queja de sus vecinos, pero estos son terribles de verdad —dijo Derek mientras se aflojaba un poco la corbata.

—Ella me produce verdadera grima, es una loba nacionalsocialista. Espero no volver a verlos en mucho tiempo.

Una hora más tarde llamaban a la puerta de sus suegros, que desde hacía más de dos años tenían casa en la ciudad y pasaban la mayor parte del tiempo en Berlín. El padre de Derek, a pesar de que estaba en la reserva, había aceptado un trabajo de instructor en Potsdam.

Les abrió su anciana criada. La mujer debería haberse jubilado unos años antes, pero decidió quedarse con los Von Sholtz porque era una más de la familia.

—¡Derek, cuánto me alegra verte junto a tu bella esposa!

Después se acercó al niño y le apretó las mejillas. Al final le estampó un beso.

—Se parece a ti cuando eras pequeño y te acunaba en mis brazos. Dejádmelo mientras saludáis a tus padres y hermanos.

Los hermanos de Derek ya no eran los adolescentes de su boda: uno estaba en la academia de oficiales y el otro, en la universidad. Le recibieron con abrazos, pero su padre le dio la mano con una cierta frialdad. Seguía descontento con tener a una mujer medio judía en la familia, algo que cada vez era más difícil de asumir. Hasta le había sugerido que la dejase y reclamara la custodia de Alexander. Derek no se había atrevido a contarle nada a su esposa.

Gisela abrazó a su hijo y a su nuera. Ella siempre era mucho más condescendiente, casi maternal con Helene.

—¡Estás preciosa, querida!

—¡Gracias, usted también! —contestó Helene.

—Cada vez más mayor —dijo con cierta resignación. Su vestido anticuado tampoco resaltaba demasiado sus rasgos desdibujados por la edad.

La cena fue sobria, sin muchas alegrías, únicamente algunas gracias de los dos hermanos. Al terminar los postes, como aún quedaban un par de horas para la medianoche, los hombres se fueron a fumar a la biblioteca y las mujeres se quedaron con el niño.

—Derek, se habla de que el Führer va a reclamar la anexión de Austria. Hay rumores de guerra... Dentro de poco podrás curtirte en el campo de batalla, como todos nuestros antepasados.

Derek no dijo nada. Se limitó a fumar el puro que le había entregado su padre. Sus hermanos aún no fumaban, pero parecían disfrutar con el humo.

—Esa mujer te lastra, es una judía. Hasta ahora las cosas han estado calmadas, pero no sabemos si en cualquier momento tu matrimonio no nos costará nuestra posición en la nueva Alemania.

—Ya hemos hablado de eso muchas veces, padre —dijo frunciendo el ceño. Derek se sentó en una butaca.

—Ha estado encerrada en un campo de concentración como una delincuente, su familia es liberal y judía. Unos enemigos del Estado y del ejército...

—Está hablando de mi esposa, padre, y espero que modere sus palabras.

Blaz se encaró con su hijo y este apagó el puro y salió de la habitación. Estaba a punto de decir a Helene que se marchaban, aunque significase un disgusto para su madre, cuando se oyeron los fuegos artificiales. Comenzaba el año 1937, el cuarto de Hitler en el poder, y no sabían lo que les deparaba el futuro. Pero una cosa era segura: el mundo que les quedaba por delante no se parecería en nada al que dejaban atrás.

30

Segundo hijo

Berlín, 12 enero de 1938

En contra de lo que Helene pensaba, el año 1937 había sido de relativa calma. Derek tenía que aguantar dos años más para poder retirarse, pero, tras la boda de su jefe con Erna Gruhn, una secretaria de veinticinco años, la paciencia de Hitler se agotó. El año anterior, en una reunión secreta del Führer con el alto mando, Werner von Blomberg se había opuesto a una guerra inmediata para ganar el ansiado «espacio vital», al aducir que Alemania no estaba preparada.

El día que Blomberg dimitió, hizo llamar a su asistente de tantos años.

—Derek, pase por favor. Siéntese —dijo el general. Su rostro reflejaba la tensión de las últimas semanas.

Habían acusado a su joven esposa de haber ejercido la prostitución. El general había dejado todos sus cargos y ahora Hitler controlaba directamente el ejército.

—Siento mucho... —comenzó a hablar a su superior, pero este le hizo un gesto para que se callara y señaló las paredes, indicando que había micrófonos.

—Me ha servido fielmente, por eso he intentado que lo trasladen a algún servicio agradable y no le muevan de Berlín. Le he pedido al mariscal Wilhelm Keitel que se quede en la oficina, creo que lo recibirá en un momento en su despacho. Ha sido un honor servir a Alemania a su lado.

El general se puso en pie y le extendió la mano. Derek se la apretó muy fuerte y después le dijo en el tono más cordial:

—Le deseo lo mejor.

Blomberg tomó su abrigo y su gorra, echó un último vistazo y salió del despacho. Unos minutos más tarde entró el mariscal Keitel. Era más alto que su antecesor y tenía un rostro agradable, de frente ancha y pelo cano, con un bigote casi blanco.

—Mi mariscal —dijo Derek mientras saludaba.

—¡Descanse! —le ordenó. Se lo quedó mirando unos instantes. Su jefe le había dicho mil veces que Keitel era un hombre sin carácter, una marioneta en manos de Hitler, que tras su fachada había un hombre débil y complaciente—. Bueno, espero que trabaje con ahínco conmigo, como lo hizo con mi antecesor. Tenemos una importante misión por delante. En dos meses, anexionaremos Austria. No será sencillo, porque la Sociedad de Naciones se nos opone, pero Chamberlain y toda esa camarilla no tienen arrestos para enfrentarse a nuestro Führer.

Las palabras parecían firmes, pero la sensación que tuvo Derek es que repetía exactamente las que empleaba su amo.

—Sí, señor —dijo el oficial, aunque hubiera preferido dimitir como su jefe.

—Quiero mañana un informe sobre el ejercito austriaco sobre mi mesa, tengo una reunión muy importante. ¡Puede retirarse!

Derek salió del despacho y pidió a sus ayudantes que reunieran todos los datos y los dejaran en su escritorio. Después se marchó en dirección a la Prinz-Albrecht-Strasse; tenía que recoger a Helene y al niño, que estaban en la Biblioteca Secreta.

Aparcó a una manzana del edificio, prefería ser discreto. Después llamó y su esposa le abrió y se dieron un fuerte abrazo.

—Tengo una noticia —dijo Derek mientras tomaba en brazos a su hijo.

Helene terminó de colocar unos ejemplares y le prestó toda su atención.

—Yo también tengo una…

—Tú primero —contestó Derek, intentando sonreír.

—No, cariño. Prefiero que seas tú primero.

Los dos se miraron a los ojos como esa primera vez. Habían pasado ya algunos años, pero continuaban sintiendo el mismo amor el uno por el otro.

—Puede que tenga que irme en un par de meses a Austria.

La mujer lo miró extrañada. Sabía que iba a cambiar de jefe, pero su viaje a Austria no era lo más oportuno en ese momento, se dijo, aunque no protestó.

—¿Austria?

—Sí, parece que Hitler quiere anexionarla.

Helene se puso las manos en las mejillas, incrédula.

—No se puede anexionar un país sin más, las naciones de Europa no se lo permitirán. Ese hombre delira...

—Lo tiene bien planeado y piensa que el destino o algo así lo ha elegido. Es un lunático peligroso —dijo Derek mientras jugaba con el niño—. Y tú ¿qué tenías que contarme?

Helene sonrió.

—¡Estoy embarazada de dos meses!

Él se quedó mudo, pero enseguida la besó en la frente y comenzó a abrazarla.

—¡Eso es maravilloso, Dios mío, es maravilloso!

La niebla de su alma se disipó por unos momentos. La alegría de traer una vida nueva al mundo parecía opacar todo lo demás por completo.

El embarazo de Helene fue más tranquilo que el anterior, aunque las inciertas noticias que llegaban desde Austria la mantenían en vilo. El país vecino había vivido recientemente muchas de las turbulencias de Alemania, con intento de revolución comunista incluida. Al mando había un gobierno nacionalista y fascista, apoyado por Benito Mussolini, que no quería que la Alemania nazi se acercara más a la frontera italiana. Hitler recibió al presidente Kurt von Schuschnigg en febrero para informarle de que los italianos habían dado luz verde a la anexión y que era mejor que Austria no opusiera resistencia. Tras un plebiscito amañado, los nazis entraron en el país vecino en la madrugada del 12 de marzo. Entre ellos estaba Adolf Hitler, que regresaba a su tierra natal como un héroe. Había conseguido el sueño pangermanista de unir a los pueblos de habla alemana.

Berlín estaba de celebración cuando Helene acudió a la librería Kedem. Lipa parecía más preocupada que otras veces.

—Esos fanáticos no hacen más que pintarnos la fachada y romper los cristales casi cada semana. Apenas vendemos nada, creo que tendré que cerrar. Un amigo me ha propuesto ir a Tel Aviv, una ciudad en la costa bastante nueva a poco más de sesenta kilómetros de Jerusalén. La vida en Alemania para nosotros los judíos es asfixiante —dijo Lipa sin esconder su tristeza. Su familia llevaba más de quinientos años en la ciudad, casi desde su entrada en la historia.

—Lo entiendo, te voy a echar de menos —le dijo Helene con sinceridad. Se habían hecho buenas amigas. Después de Lena, era una de las pocas personas con las que podía hablar casi de todo.

—Sería mejor que vosotros os vinieseis, esos nazis no van a perdonar jamás tu origen ni tu pasado —dijo la librera. Helene sabía que tenía razón, pero no podía abandonar en Alemania al resto de su familia. Derek estaba todavía desplazado en Austria e ignoraba cuándo volvería.

—Tengo algo que hacer aquí todavía. Cuando salí del campo viví con miedo. No quiero morir ni que le pase nada malo a mis hijos —comentó mientras se tocaba la barriguita.

Las dos se abrazaron, algo poco habitual en la librera.

—Te voy a echar mucho de menos. ¡Cuídate!

Aquel fue el último día que Helene fue a la librería. A veces también se pasaba por las mañanas para tomar un café con sus amigos Lena y Klaus y hablar sobre la Biblioteca Secreta, pero sus salidas se habían reducido bastante. Se mantenía en contacto con Derek por teléfono, ya que él la llamaba una vez a la semana, y se escribían casi todos los días.

A finales de julio, poco antes de que diera a luz, Derek logró que le concedieran un permiso. Su marido la estuvo mimando esos últimos días del embarazo: le leía los libros que más le gustaban y le preparaba su comida favorita. La última noche del mes de julio nació su niña del alma, Matilde.

Derek pudo pasar el resto del año en Berlín. Cada vez que se cruzaban con sus vecinos en las escaleras o en el portal, Lauralei se quedaba un rato besando a los niños, pero Helene se sentía incómoda, como si con cada gesto le dijera que no merecía ser madre de esas dos preciosas criaturas: un perfecto y rubicundo niño ario y una encantadora bebé con el pelo rojo.

A lo largo de 1938, la situación de la población judía se hizo cada vez más difícil. En abril, se había obligado a todos los judíos del país a registrar los bienes que excedieran los cinco mil reichsmarks. En junio, unos mil judíos fueron apresados y enviados a campos de concentración en compañía de delincuentes comunes. En agosto, las autoridades nazis decretaron que, a partir de 1939, los hombres y las mujeres de ascendencia judía que tuvieran un nombre de origen «no judío» deberían añadir en su documentación el nombre de Israel o Sara, respectivamente. En otoño, los pasaportes judíos empezaron a sellarse con una «J». Los nazis también habían comenzado a expulsar del país a todos los judíos no alemanes, entre los cuales había varios amigos de la sinagoga del abuelo de Helene.

El 9 de noviembre por la noche, Helene esperaba en casa con los niños a que llegara Derek. Sonó el timbre y ella se sobresaltó. Era Shlomo Ver, un rabino de Neukölln, el barrio de la biblioteca pública, con su mujer y su hijo adolescente.

—Buenas noches, perdone que la importunemos —dijo el hombre quitándose el sombrero.

—Pasen, por favor —les dijo Helene y los llevó hasta el salón. Había acostado a los niños hacía poco.

—¿Sabe lo que está sucediendo en la ciudad? —le preguntó el rabino, mientras su esposa la miraba aterrorizada, apretando los hombros de su hijo.

—No, hoy no he salido de casa. La niña todavía es pequeña y hace mucho frío.

—Las SS y las Juventudes Hitlerianas han atacado el barrio judío. Han roto los cristales de las tiendas y han incendiado las sinagogas.

Helene los miró atónita. Ella vivía en una parte de la ciudad que estaba libre de judíos; allí no se veían esas cosas.

—¡Dios mío! ¿Por qué han hecho eso?

—En represalia por el asesinato de un miembro de la embajada en París a mano de un joven judío.

—Esa gente se ha vuelto completamente loca —dijo Helene mientras se tocaba la falda, nerviosa.

—Están deteniendo a muchos hombres, en especial a los rabinos y a los líderes de las comunidades. ¿Podría refugiarnos esta noche?

—Naturalmente, pueden quedarse en el cuarto que

tenemos libre. No es muy grande, pero creo que podrán dormir los tres en la misma cama.

La mujer se lo agradeció besándole la mano.

—Cualquiera lo haría —insistió Helene.

Se levantó para prepararles la cama, pero el timbre volvió a sonar y todos se quedaron en silencio.

—Métanse en el cuarto.

Helene se asomó a la mirilla antes de abrir. Era su vecina, que iba vestida de calle.

—Hola, vecina. ¿Cómo están los niños? —le preguntó Lauralei en cuanto abrió la puerta.

—Bien, ya duermen. Por eso no te digo que entres.

—He escuchado voces en el descansillo y me he preocupado. Ya sabrás que están persiguiendo a esas ratas judías, y pensé que alguna podía haberse escondido en nuestro portal.

—No, no he visto nada. Muchas gracias, pero tengo que... —dijo mientras se apresuraba a cerrar.

Lauralei paró la puerta con el pie.

—Ya sabes que dar refugio a judíos es un delito grave, a no ser que tú misma seas judía o medio judía...

A Helene se le heló la sangre.

—Tengo que dejarte, de verdad...

—Ya sé quién eres, Helene Nathan: una bibliotecaria judía que estuvo encerrada en un campo de reeducación. Voy a exigir a la comunidad de vecinos que te eche como a un perro, la gente decente no vive con judíos.

Helene cerró la puerta y se apoyó en la hoja. Estaba

temblando. Tenía que avisar a Derek, esa mujer era capaz de cualquier cosa.

Le llamó al despacho, todavía estaba en el trabajo. Le dijo que tenía una emergencia y que regresara cuanto antes.

Derek no tardó en aparecer. Parecía fatigado, como si hubiera subido las escaleras corriendo.

—¿Qué ha sucedido?

Le contó brevemente la llegada del rabino Shlomo Ver y su familia, y después la escena con Lauralei. Derek se echó las manos a la cabeza, se encontraban en un gran apuro.

—Esperaremos a la madrugada y nos iremos todos en el coche. Te llevaré a casa de mis padres y a ellos los dejaré en alguna estación de tren fuera de la ciudad, para que se marchen a Polonia.

Su marido parecía tan nervioso como cuando Helene le presentó a su familia, casi ni los saludó. El mundo se estaba volviendo aún más desquiciado que un año antes. La popularidad de Hitler era tan grande que sabía que podía hacer lo que quisiera, ya nada se resistía a su poder.

A las cuatro de la madrugada, salieron a escondidas de la casa sin poder despedirse del que había sido su hogar durante tanto tiempo. Solo les quedaba mirar hacia el futuro; si se giraban para ver lo que dejaban atrás, corrían el riesgo de convertirse en una estatua de sal, como la esposa de Lot.

TERCERA PARTE

La biblioteca viviente

1940-1945

31

El regreso de Derek

Berlín, 23 febrero de 1940

La guerra había estallado cinco meses antes, pero los berlineses apenas lo habían notado en su vida cotidiana. Las únicas que parecían preocupadas eran las madres y esposas que tenían a sus hombres lejos. Algunas calificaban el conflicto de «guerra de broma». Los estados aliados no habían atacado a los alemanes y Polonia estaba completamente en manos de los nazis.

Derek llevaba meses destinado en Varsovia. Por carta apenas le contaba nada, pero Helene era consciente de que lo estaba pasando muy mal. Ella se alojó una semana en casa de sus suegros, pero la hostilidad de Blaz la obligó a trasladarse al edificio de la Biblioteca Secreta. No era un lugar para nada acogedor, menos todavía con dos niños pequeños. El edificio era enorme y estaba en su mayoría ocupado por los miles de volúmenes que habían ocultado allí, pero Derek, antes de reincorporarse al ejército, había habilitado un cuarto con chimenea y un baño. Helene se hacía la comida en una pequeña cocina.

Cuando tenía ocasión, Helene iba a visitar a sus amigos a la biblioteca pública. A Klaus afortunadamente no le habían movilizado, tampoco a Gabor, el esposo de Lena. Su amiga estaba embarazada.

En esa mañana de finales de febrero, Lena no se mostraba nada optimista.

—No sé cómo me ha podido pasar a mí, que siempre lo planifico todo. Estoy encinta en medio de una guerra. ¿Puede haber un momento peor para tener un hijo?

Helene sonrió. Su pequeño ya caminaba, por lo que siempre tenía que estar vigilándolo; la bebé aún estaba en el carro, pero era muy llorona y comía mal.

—Alexander se entretiene mucho con los libros —dijo Klaus, que observaba al crío en el suelo hojeando un volumen para niños. Pasaba una y otra vez las páginas para ver las ilustraciones.

—Vivimos en una biblioteca y me ve casi cada hora del día con un libro en la mano. Es normal que le gusten —apuntó Helene, y después miró el rostro desesperado de su amiga—. Seguro que esta pesadilla acabará pronto, una gran parte del ejército no quería la guerra y el pueblo está en contra...

Lena resopló y después tomó un sorbo de té.

—La gente ama las victorias. Mientras Hitler siga ganando, nadie se atreverá a oponérsele. Mira lo que ha hecho con todos los que lo han intentado. Y ¿cómo se encuentran tus padres?

La respuesta no era sencilla. Su abuelo había fallecido un mes antes y ella, por primera vez en su vida, se había alegrado de una desgracia: hacía mucho tiempo que había dejado de ser feliz y vivía atemorizado de que los nazis fueran capaces de llevárselo a un campo de concentración. El barrio judío de Berlín se encontraba desmantelado y los pocos hebreos que quedaban aún en la capital no salían de su casa, esperanzados en que tras la guerra las cosas cambiarían.

—Bueno, están bien. Mi padre intentó conseguir un visado para Noruega, pero, como el mar del Norte está en alerta, no se lo han concedido. Casi todos los países han cerrado sus fronteras a los judíos. Estamos rodeados de hipócritas: critican a Hitler, pero en el fondo piensan como él.

—¿Alguna noticia más de esos vecinos que os denunciaron?

Helene se encogió de hombros y le puso el chupete a la pequeña. Mientras sus hijos se encontrasen bien, el resto de las cosas no le importaba demasiado. Hitler llevaba siete años en el poder y ya nada era como antes, pero al menos habían logrado sobrevivir.

En ese momento escucharon una puerta y todos

miraron al frente y vieron al viejo señor Fusch vestido con un uniforme de las SS. Al parecer, los esbirros de Himmler habían bajado mucho el listón a la hora de escoger a la supuesta élite de la raza aria.

—Buenos días. ¡Qué agradable sorpresa ver aquí a una vieja amiga!

Helene frunció el ceño y atrajo para sí a sus hijos.

—Tiene dos hermosos retoños. Imagino que fruto de su oficial austriaco, aunque con las judías nunca se sabe.

Klaus se puso en pie, pero Lena le agarró de la mano.

—¿No sabe que tiene prohibido trabajar en bibliotecas públicas?

—Estoy visitando a unos amigos, imagino que eso no es un delito —contestó Helene con total calma. No quería que ese tipo pensara que le tenía miedo, aunque un escalofrío le estuviera recorriendo la espalda.

—Hablaré con el capitán Rudolf Kummer, seguro que se alegrará de saber de usted. Creíamos que se había marchado del país, pero imagino que es tan terca como sus padres. Dentro de poco, la gente como ustedes dejará de molestar. Que tengan un magnífico día —dijo el viejo, al que ni el uniforme negro le hacía parecer más marcial ni ario. Se marchó por donde había venido.

Los tres amigos se miraron.

—Algún día ese cerdo pagará por todo lo que ha

hecho. ¿Sabes que delató a la mayoría de sus viejos camaradas comunistas? Por eso ha ascendido tan rápidamente —comentó Lena sin disimular la rabia y el asco.

—Bueno, que no nos amargue la vida... —añadió Klaus.

Después de charlar un rato, Helene regresó a la Biblioteca Secreta. Siempre se cuidaba de asegurarse de que nadie la seguía. Entró en el jardín y después subió las escaleras arrastrando el carrito. Cuando fue a abrir, se percató de que no estaba puesto el cerrojo; pensó en irse, pero no tenía otro lugar en el que esconderse.

Entró en el gran recibidor. El sol continuaba oculto entre las nubes y la luz era tenue. Dio al interruptor y se iluminó hasta la escalera. Escuchó unos pasos que descendían y pensó en ir a la cocina a por un cuchillo. No le dio tiempo a reaccionar. Primero vio unas largas botas de cuero, después unos pantalones militares de color gris verdoso algo bombachos y más tarde la guerrera. Cuando al fin apareció el rostro de Derek, su corazón dejó de latir tan fuerte.

—¡Cariño! ¿Cuándo has regresado?

Llevaban más de cinco meses separados. Los dos se abrazaron y besaron hasta que Alexander tiró de los pantalones de su padre.

—¡Qué grande está mi mocetón! ¿Has cuidado de tu madre y tu hermana como te pedí?

El niño con sus rizos rubios afirmó con la cabeza y

su padre lo tomó en brazos. Alexander comenzó a juguetear con los botones dorados de la guerrera.

—Vamos a preparar a los niños para dormir y hablamos después —dijo Helene. Subieron a la primera planta, donde dieron un baño a los niños y después la cena. Cuando los críos estuvieron dormidos, ellos dos se sentaron a la mesa.

—¿Qué has hecho tanto tiempo en Polonia? Pensé que no te iban a mandar de vuelta nunca.

La pregunta pareció incomodar a su esposo, como si prefiriera no recordar.

—La guerra fue corta. Los pobres polacos no pudieron resistir nuestro avance y se comportaron como verdaderos héroes, pero lo que estamos haciendo en ese hermoso país es terrible. Además de encarcelar o asesinar a los oficiales, también se está purgando a cualquier polaco que destaque un poco, y a los judíos se los quiere encerrar en guetos inmensos. En las condiciones en que se encuentra la población, no tardarán mucho en morir decenas o cientos de miles de personas.

Helene escuchaba con atención. Al parecer, Hitler ya no se conformaba con torturar a su pueblo, ahora quería trasladar el horror al resto de Europa.

—No va a parar. Mi jefe me ha dicho que, cuando el frente occidental esté seguro, está en los planes de Hitler invadir Rusia. ¡Una locura!

Helene tomó la mano de su marido y la apretó con fuerza.

—No podrías pedir que te licenciasen…

—¿Ahora? ¡Imposible! Estamos en estado de guerra —contestó Derek, enfadado. Era cierto que no había disparado ni un solo tiro, pero se sentía parte de todo lo que estaba sucediendo.

—Pero te mandarán a Rusia o algún lugar mucho peor…

Su esposo la abrazó y por un momento se olvidaron del futuro. Habían aprendido en los últimos años a apreciar el valor de cada instante y lo importante que era disfrutarlo, porque no sabían cuánto podía durar.

32

En el edificio gris

Berlín, 5 marzo de 1940

Derek se fue a trabajar después de despedirse de Helene y los niños. Su mujer le había preparado un desayuno especial. Llevaban unos días unidos de nuevo y para ella no había nada mejor en el mundo que estar en familia.

El oficial llegó al Ministerio de Guerra y, después de fichar, se dirigió directamente a su oficina. En su despacho, que estaba al lado del de su jefe, vio a dos hombres hurgando en su escritorio y en sus archivos.

—Caballeros, ¿puedo ayudarles en algo? —preguntó intentando disimular su inquietud. Su voz parecía firme, pero temblaba por dentro.

—¿Es usted el teniente Derek von Sholtz? —preguntó uno de ellos. Tenía el pelo totalmente rapado y unas gafas redondas metálicas, lo que no impedía que sus ojos azules lo atravesaran.

—Sí, ¿qué puedo hacer por ustedes? Tengo que preparar un memorándum para el mariscal.

—Su jefe ya se encuentra al tanto de todo. Va a tener que acompañarnos —dijo el nazi de las gafas mientras se le acercaba.

—¿A dónde tengo que acompañarles?

—Vamos a interrogarlo.

—¿Estoy detenido?

Dio un paso atrás, como si pensara en salir corriendo, pero eso lo convertía aún en más sospechoso.

—Sí, tiene que venir con nosotros —dijo de nuevo el agente de la Gestapo, que le agarró del brazo izquierdo. Su compañero lo hizo del otro.

No opuso resistencia y sus compañeros bajaron la cabeza al verlo salir del despacho custodiado por la policía secreta. Cuando alguien era detenido, era como si de repente se volviera invisible para el resto. Su vida había dejado de tener importancia.

Llegaron al edificio de la Gestapo en pocos minutos. Mientras lo sacaban del automóvil, Derek miró hacia la Biblioteca Secreta. Estando tan cerca, no podía advertir a su esposa del peligro. Lo encerraron en una celda del sótano y lo dejaron allí incomunicado varias horas.

En el ejército le habían enseñado algunas técnicas

para resistir los interrogatorios. Sabía perfectamente lo que le esperaba y no estaba seguro de cuánto podría resistir.

Cuando la puerta se abrió y se encontró de frente el rostro de Rudolf Kummer, no se extrañó de que él estuviese detrás de todo aquello.

—Caballero, lamento verle en estas circunstancias, pero ya se lo advertimos a su esposa. Nos han informado que va a su antigua biblioteca y, algo peor, que tiene otra que es clandestina. Usted es un buen alemán, pero se equivocó a la hora de casarse —dijo el capitán, que a continuación se sentó al lado de Derek, en el camastro oxidado.

La celda olía a sudor y orín, había manchas de sangre por todos lados y la tenue luz de la bombilla dejaba el rostro del oficial de las SS casi en la penumbra.

—He leído en su expediente que ha regresado hace poco tiempo de Polonia. No me gusta que un oficial de nuestro ejército se encuentre en esta situación, pero, como le he dicho, debe confesar. Si lo cuenta todo, le puedo hacer dos promesas. La primera es que no le ocurrirá nada a usted, eso se lo garantizo. Sé que es un hombre cabal. La segunda es que se quedará con la custodia de sus hijos. Sin embargo, si no colabora, usted y su mujer terminarán en un campo de concentración y sus hijos serán dados en adopción; tengo entendido que sus antiguos vecinos están muy interesados en criarlos.

Derek intentó disimular el pánico que escapaba de su mirada. Tenía la sensación de que, hiciera lo que hiciera, no tenía salida.

—Mi jefe me sacará de aquí. En realidad no tienen ninguna prueba de nada. Helene y yo somos inocentes.

El SS se echó a reír.

—Algunas personas todavía no han entendido que no nos hacen falta pruebas. Lo único que le ha mantenido a salvo hasta ahora era su posición en el ejército y su familia, pero estamos en guerra y eso ha dejado de tener importancia. Es lo bueno que tiene la guerra. ¿No cree? Nos iguala a todos.

—No sé qué quiere que le diga.

El SS se impacientaba y se acercó más al prisionero.

—Está en prisión. Si no confiesa, encerraremos también a su esposa.

—La guerra es siempre como una prisión, no podemos escapar a nuestro destino, señor.

El alemán se puso en pie y le dio una fuerte bofetada.

—No me haga usar la violencia, prefiero siempre la persuasión. ¡Colabore!

Derek negó con la cabeza. Levantó la mirada y formuló una simple pregunta:

—¿Cómo es posible que usted fuera antes un bibliotecario?

Eso enfureció aún más al SS y comenzó a golpearlo

con tal fuerza que terminó por dejarlo inconsciente. El cuerpo de Derek se desplomó en el suelo, y su rostro era una mezcla de sudor y sangre cuando Rudolf se lo quedó mirando. Luego lo pateó varias veces y salió de la celda.

33

Dolor

Berlín, 7 marzo de 1940

Helene le esperó despierta toda la noche. Cuando vio salir el sol desde el ventanal, supo que su esposo estaba detenido. Podía haber sido por varias razones, pero estaba segura de que los culpables eran de nuevo el señor Fusch y el maldito capitán Kummer. En el fondo, era a ella a la que querían. Debían sospechar de la existencia de la Biblioteca Secreta.

Llamó a Lena, que estaba ya en un estado muy avanzado de su embarazo. Lo primero que tenían que hacer era cambiar de ubicación los libros. Pero ¿cómo hacerlo? Aquel volumen de ejemplares ya no entraba en dos camiones pequeños. Aunque la pregunta era: ¿dónde los iban a esconder?

También tenía que contactar con el padre de Derek para que intentara sacarlo de donde los nazis lo hubiesen encerrado.

Visitó a Lena en su domicilio. En los últimos días no se encontraba bien y no había ido al trabajo. Vivía en una casa pequeña y muy mona en el lujoso barrio de Charlottenburg. No era sencillo trasladarse de un sitio a otro con los dos niños, así que, como Derek no se había llevado su coche, decidió ir hasta allí en el viejo Ford.

Lena salió a recibirla con dificultad, parecía a punto de estallar. Se dieron un abrazo y se dirigieron al salón que daba al jardín.

—Debe de ser muy urgente para que te decidas a venir en plena ola de frío con los dos niños.

—Me temo que sí —contestó Helene con el gesto preocupado. Le explicó brevemente la situación y después se echó a llorar.

Lena se levantó con pesadez y le dio un abrazo.

—Conseguiremos liberarlo, no te preocupes —la consoló, aunque sabía que era del todo normal que se angustiase.

—¿Qué vamos a hacer con la biblioteca?

Lena se quedó pensativa y después señaló una foto que había en el salón. Gabor jugaba en un equipo de rugby, con cuyos viejos compañeros mantenía una relación de amistad desde hacía muchos años.

—Gabor y sus amigos entrenan en un viejo hangar

a las afueras de Berlín. Interrumpieron los entrenamientos cuando estalló la guerra, así que puede ser una buena opción.

—¿Esa gente es de fiar?

—Bueno, el club lo habían formado en su iglesia. Todos ellos son cristianos de la Iglesia confesante. Son los pastores que se han negado a jurar fidelidad al Führer.

Helene había escuchado hablar de ellos, aunque no sabía mucho más.

—Tienen camiones y otros medios, a pesar de la represión de Hitler... Ya sabes que, cuando llegó al poder, prohibió las asociaciones religiosas. Pero ellos han mantenido una infraestructura para ayudar a los más desfavorecidos. En la nueva Alemania no hay cabida para los pobres y los marginados, así que los amigos de Gabor reparten comida y otras cosas en los barrios obreros.

Helene dejó a la pequeña de nuevo en el carro. Alexander se entretenía con un libro. Solo faltaba Kaiser, pero la gata se estaba haciendo vieja y nunca la sacaban de casa.

—¿Cuándo podríamos hacerlo?

Lena sonrió a su amiga.

—No creo que yo pueda hacer mucho, pero podemos pedirles que se encarguen del traslado cuanto antes.

Una hora más tarde, Helene estaba en casa de sus suegros. Gisela la recibió con mucha alegría, sobre todo al ver a sus nietos. Últimamente Derek no los visitaba demasiado a menudo. Su padre y él siempre terminaban discutiendo.

—¿Estás bien? ¿Dónde está Derek? —preguntó la mujer al ver que los niños tenían ropas sin conjuntar y su nuera estaba medio despeinada.

—Se lo han llevado —dijo justo antes de echarse a llorar.

Gisela la escuchó atentamente y después le dio las manos.

—Vamos a sacarlo. No te preocupes.

Una hora más tarde, mientras los niños merendaban, llegó Blaz a la casa. Llevaba puesto el uniforme de oficial, parecía cansado. Le dio un beso en la mejilla a su esposa, pero, al ver a su nuera, torció el hocico.

—¿Qué hace esta aquí? —preguntó en voz alta, para que le escuchase bien Helene. A ella no le importaba que intentase ofenderla, quería que salvara a su marido.

—Han apresado a Derek —le dijo su mujer.

—¿Cómo? —preguntó confundido. A pesar de las desavenencias con su hijo, amaba profundamente a su primogénito. Derek había heredado de él casi todas sus cualidades.

—¿Que han apresado a nuestro hijo?

El hombre miró furioso a su nuera.

—¡Es culpa tuya! ¡No tenía que haberse casado con una judía!

Los niños comenzaron a llorar. Helene los abrazó mientras su suegra reprendía a su esposo.

—¡Contente, Blaz! ¡Los niños, por el amor bendito!

—Sacaría a mi hijo hasta del infierno, pero te pongo una condición.

Helene dejó de llorar y miró el rostro enfurecido de su suegro. Le costaba asimilar que tuviera casi los mismos rasgos que su marido, pero unas décadas mayor.

—¿Qué es lo que quiere?

—Los niños tendrán que quedarse con nosotros, aquí estarán más seguros. Los que han detenido a Derek van a por ti y no pararán hasta darte caza.

Helene sabía que su suegro tenía razón, pero que le quitaran a sus hijos era como arrancarle las entrañas. A pesar de todo, aceptó. En cuanto Derek y los libros estuvieran a salvo, volvería a por Matilde y Alexander e intentarían irse de Berlín para siempre.

34

Traslado peligroso

Berlín, 15 mayo de 1940

Helene seguía sin tener noticias de Derek, era como si la tierra se lo hubiera tragado. Su suegro pudo comprobar que no estaba en ningún registro de detención y que no había ninguna causa abierta contra él. Aun así, como tenía algunos contactos en la Gestapo y las SS, intentó que alguien lo encontrase. Cada día que pasaba era más peligroso: los que lo habían detenido podían hacer lo que quisieran con él. Los agentes de la Gestapo actuaban con total impunidad, sin importarles los formalismos legales. Todos los días desaparecía gente sin dejar rastro.

Helene organizó con Gabor y Lena el traslado de la biblioteca. Se acercó con el marido de su amiga hasta el hangar para ver si el espacio reunía las condiciones, aunque fuera de forma provisional. Quedó decepcionada: el edificio era húmedo y el papel no resistiría el invierno allí. Tenían que encontrar otra ubicación.

Transcurridos varios días, Lena recordó que su familia tenía una vieja casa en Grunewald, en medio de un frondoso bosque al este de Berlín, junto al río Havel. Era para pasar los calurosos veranos berlineses, pero desde el comienzo de la guerra nadie iba a allí.

Lena estaba a punto de dar a luz y Helene tuvo que visitar la casa de Grunewald con Gabor, que parecía cada día más nervioso ante el inminente nacimiento de su hijo. Les gustó mucho el estado en que se encontraba y comenzaron los preparativos. Diez amigos de Gabor, además de Klaus y ella, se encargarían de meter los libros en las cajas. Helene calculó que tardarían dos o tres días en hacerlo. Buscaron cuatro camiones mucho más grandes y falsificaron unos permisos, pero sabían que los controles en la ciudad se habían multiplicado desde el comienzo de la guerra y que la operación podía salir mal.

Todo aquel ajetreo ayudó a Helene a no pensar demasiado en Derek y sus hijos, aunque cada noche, rodeada de los libros, no paraba de llorar. Aquel verano infernal le parecía eterno, como una condena.

El día del traslado todos estaban muy nerviosos. Decidieron que cargarían los camiones de uno en uno y partirían de inmediato. Si los nazis interceptaban alguno, no perderían todos los libros.

La mañana era muy húmeda, pero al menos no amenazaba lluvia. El primer camión llegó a la hora y todos se pusieron manos a la obra. En media hora estaba hasta los topes. Ese lo llevarían Gabor y uno de sus amigos; la descarga en la casa de Grunewald no corría tanta prisa, pero cada pareja debía comenzar a mover las cajas en cuanto llegase a su destino.

El segundo camión y el tercero también los cargaron sin incidentes. Helene iba a montar en el último, para asegurarse de que todo saliera bien. Comenzó la carga. Los amigos de Gabor estaban en forma y, a pesar de las horas acumuladas de trabajo, no tardaron mucho más que con el primero.

El cuarto salió de la calle y Helene miró al edificio de la Gestapo. Se alegraba de quitárselo de encima. Verlo cada día era para ella como una tortura. Lo que no sabía era que Derek, cada vez más demacrado y delgado, seguía encerrado en una celda anónima. Kummer no había logrado que dijera ni media palabra.

En el tercer camión iba Klaus. El conductor y él se dirigían a la casa en el bosque cuando comprobaron que un coche de la policía los adelantaba y les indicaba que se detuvieran. El camión se echó a un lado y los dos policías se acercaron a las ventanillas y pidieron a los hombres que bajaran.

—Tenemos todo en regla, oficial —dijo Klaus, que llevaba la documentación.

—¿Papel para reciclar? —preguntó el agente.

—Sí, señor —dijo Klaus, que notaba como le corría el sudor por la espalda. Hacía tanto calor que eso no les parecía sospechoso a los agentes.

—Vamos a ver la carga.

Los cuatro se dirigieron a la parte trasera y abrieron las puertas. Las cajas estaban perfectamente alineadas. Un policía subió y abrió la primera. Vio libros. Al fin y al cabo, era papel, como había dicho el conductor, pero abrió otra y leyó la portada del primer libro: *Adiós a las armas*. Lo tomó y se volvió para ver a su compañero.

El conductor se asustó y salió corriendo. El policía sacó su arma y le disparó. El hombre se derrumbó en el acto.

Klaus se quedó con las manos en alto, miró el cuerpo del amigo de Gabor y se echó a temblar. Él no se veía con fuerzas para acabar en una cárcel nazi, siempre se había considerado un cobarde. Al menos se contentó con no poder delatar a sus amigos. No tenía ni idea de dónde estaba la casa.

Helene esperó un par de horas y después comprendió que el tercer camión había sido interceptado. Klaus iba de copiloto; su amigo estaba detenido o algo peor, pensó mientras miraba las cajas amontonadas. Se preguntó si un libro valía más que la vida de un ser humano, aunque no supo hallar la respuesta. Gabor se acercó a ella e intentó consolarla, pero ya no podía más. Se sentó en una caja y se echó a llorar amargamente.

35

Bombas de fuego

Berlín, 25 agosto de 1940

Derek había escuchado en alguna parte que las dudas eran la mayor riqueza que poseía la juventud, y en ese momento su cabeza estaba llena de interrogantes. Se había pasado la vida intentando agradar a todo el mundo, sobre todo a su familia, y ya no sabía ni quién era. Llevaba meses encerrado, apenas le daban de comer, únicamente le habían permitido ducharse tres veces y cada vez se sentía más débil. Tan solo le consolaba pensar que Helene y los niños se encontraban a salvo.

La única persona a la que veía a diario era Rudolf Kummer. Ya no le agredía, pero parecía disfrutar robándole poco a poco la vitalidad y la esperanza. Al menos, en esos días de desesperación y angustia, pudo aferrarse a la fe, la sencilla fe de sus abuelos maternos. Tenía la vaga esperanza de que un Dios justo y bueno le liberaría de esa situación en algún momento y haría justicia, aunque ya había presenciado tantas cosas terribles en Austria y después en Polonia que hasta eso comenzaba a dudarlo.

En Viena vio que los austriacos cogían a ancianos y les obligaban a limpiar las aceras de rodillas por el simple hecho de ser judíos, y también que pegaban a las chicas, apenas unas niñas, o daban palizas a los jóvenes. Las atrocidades en Polonia eran mucho peores; los soldados y en especial los SS trataban a los polacos como si fueran escoria. Él se sentía mal por no haber hecho nada por evitarlo. Sabía que la verdadera grandeza humana no estaba solo en hacer el bien, sino en evitar hacer el mal a los otros.

Unos días antes, se había dado cuenta de que a su lado, en otra celda, alguien se quejaba de dolor, especialmente por las noches. Por fin se atrevió a hablar con su compañero de reclusión para espantar a la soledad.

—¿Cómo se encuentra?

Al principio nadie le respondió, pero pasados unos segundos escuchó una voz débil.

—Bien, ¿cómo se llama?

—Derek.

—Encantado, yo me llamo Peter —escuchó con dificultad.

—¿Por qué está aquí? —se atrevió a preguntar. El otro recluso tardó en responder.

—Es difícil saberlo, pero creo que uno de mis feligreses me denunció por criticar en mis sermones los ataques a los judíos y otras minorías. Aunque yo solo repetía lo que leemos en el Evangelio. Ama a tus enemigos y bendice a los que te persiguen. Jesús nos enseñó a amar al prójimo como a nosotros mismos. Estos salvajes quieren que denuncie a otros pastores; piensan que formo parte de alguna red de resistencia. Yo lo único que intento hacer es lo que me dicta mi conciencia.

Derek se apoyó en la pared fría, junto a la puerta, para escuchar mejor.

—Espero que salga pronto. ¿Por qué Dios permite todo esto?

—Hay muchas preguntas sin respuesta. Lo que sé es que el sufrimiento es una marca que los cristianos debemos llevar con orgullo. Dios no nos quita el sufrimiento, pero está con nosotros ahora. Él también mandó a su hijo a sufrir.

Derek comenzó a llorar, se sentía tan profundamente solo y perdido. En ese momento decidió que era mejor creer y vivir su vida como si hubiera un Dios bueno que lo amaba, que impartiría justicia algún día y que no permitiría que tantos crímenes quedaran impunes para siempre.

Helene descubrió que Klaus había sido detenido y enviado a Dachau, un famoso campo de concentración cerca de Múnich, en Baviera. Con él se había perdido una cuarta parte de los libros que durante tantos años habían escondido. Algunos de ellos eran irremplazables, como los manuscritos de Stefan Zweig. Sabía que al menos el escritor austriaco estaba a salvo, había escapado a Inglaterra.

Seguía sin noticias de Derek, pero se consolaba con visitar a sus hijos cuando su suegro no estaba en casa. Seguía sintiéndose, sin embargo, vacía y desolada.

Cuando Lena dio a luz a un bebé sano y fuerte llamado Mark, la ayudó todo lo que pudo, pero aquel niño precioso le recordaba aún más a sus hijos.

Aquella mañana había ido con el coche hasta la casa de Lena cuando sonaron las alarmas antiaéreas. Era la primera vez que las escuchaba. La guerra, que hasta entonces se había mantenido a distancia, como si nunca fuera a afectar al pueblo alemán, se presentaba por primera vez a las puertas de Berlín. Los países enemigos habían caído tan rápido como un castillo de naipes: Noruega, Dinamarca, Holanda y Bélgica, y después la invencible Francia. Hitler comenzaba a preparar la invasión de Inglaterra antes de dirigirse al este, pero los bombardeos sobre Londres del día anterior habían enfadado al primer ministro británico, quien había ordenado un contraataque aéreo sobre Berlín.

Helene no detuvo el coche, estaba muy cerca de la casa de Lena. Antes de llegar a su calle, sin embargo, escuchó los motores de los aviones y los disparos de los cañones antiaéreos. La tarde se iluminó con los fogonazos, como si fuera fin de año, pero, hasta que las bombas comenzaron a estallar en el horizonte, la mujer no salió de la hipnosis de aquellos fuegos artificiales sangrientos.

Dejó el coche y corrió hacia la casa de Lena, pero nadie abrió. Cruzó la verja y entró en el sótano por la parte de atrás. Su amiga estaba acurrucada en un rincón con su bebé.

—¿Cómo te encuentras? —preguntó a Lena, que abrazaba con fuerza al niño.

—Aterrorizada, nunca había sentido algo así. Pero no es por mí, es por él. No podría soportar que le ocurriera nada malo.

Cuando las explosiones cesaron, las dos amigas subieron al primer piso. Toda parecía estar en orden, aunque su amiga seguía temblando.

—Si de algo me siento orgullosa en esta vida es de que nunca has caminado delante o detrás de mí, siempre te he sentido a mi lado, en cada momento del camino, por difícil que fuera.

Las palabras de su amiga la emocionaron. Lena era el único rayo de luz que le quedaba para iluminar el camino. Una luz tenue, débil, que apenas alumbraba unos pasos, pero los suficientes para seguir adelante. Ese era el secreto de la verdadera amistad: cuando no importan los obstáculos, sabes que jamás estarás solo y que alguien te ayudará a levantarte cada vez que caigas.

Helene apoyó la cabeza en el brazo de su amiga y esta le acarició el pelo. Siempre había creído que amistades como la suya solo existían en los libros, pero ellas la habían hecho realidad todo ese tiempo.

36

La biblioteca humana

Berlín, 2 noviembre de 1940

Derek aprendió de su nuevo amigo que la sabiduría era mucho más que adquirir conocimientos. Era recapacitar sobre el sentido de la vida y el propósito para el que habíamos nacido. Cuando se lo llevaron, sintió una profunda soledad. Se había acostumbrado a sus largas conversaciones nocturnas, pero ahora la soledad le atenazaba.

Sonó la puerta y pensó que se trataría de nuevo de Kummer, que de vez en cuando le iba a visitar para torturarlo. Cuando se abrió la puerta, la silueta iluminada era de otra persona.

—¿Derek von Sholtz?

—Sí —dijo poniéndose la mano sobre la cara para intentar reconocer el rostro.

—Me llamo Wilhelm Schmidt, he venido para sacarlo de aquí.

No le sonaba el nombre, pero el hombre le explicó que su padre, después de encontrarlo, había conseguido que lo liberasen. Nadie había presentado cargos contra él y oficialmente no había sido encarcelado.

—Será mejor que se olvide de todo esto y continúe con su vida.

El agente de la Gestapo tuvo que ayudarlo a incorporarse. Las piernas apenas le respondían, estaba muy débil y su tez blanca y enfermiza solo se ensombrecía por la barba rubia con algunas canas blancas. Llegaron a la planta baja con mucho esfuerzo; después lo subió a un coche y lo llevó a casa de sus padres.

No recordaba nada cuando se despertó dos días después entre sábanas limpias. No reconoció al principio la casa, pero estaba con sus padres.

Su madre fue la primera cara que vio al despertar. Le sonrió y él se creyó muerto y en el cielo.

—¿Dónde estoy? ¿Cómo he llegado hasta aquí?

—Tu padre te logró liberar. Cuando llegaste estabas muy débil…, aún lo estas. Tardarás algunas semanas en levantarte.

Gisela llamó a la criada y esta trajo a sus hijos. Los abrazó entre lágrimas y el mayor le llamó «papá». Todavía no lo había olvidado.

—¡Dios mío! Pensé que no volvería a verlos. Están preciosos y sanos.

—Aquí les damos bien de comer —contestó la madre, orgullosa.

—¿Aquí? ¿Dónde está Helene?

La mujer miró a los niños antes de contestar.

—No sabemos dónde está, hace mucho que no la vemos. Nos dejó a los niños para que los cuidásemos nosotros. Espero que no haya muerto por los bombardeos. Berlín ya no es una ciudad segura, estamos pensando en regresar a nuestra ciudad.

El hombre no entendía nada. ¿Cómo iba a abandonar su esposa a sus hijos si era lo que más amaba en el mundo?

Los días siguientes se fue recuperando y, cuando pudo andar, la familia se trasladó a Prusia Oriental, a la ciudad de Königsberg. Intentó llamar a Lena para saber cómo se encontraba y si tenía noticias de Helene, pero las líneas permanecían cortadas.

Aunque estaba libre y con sus hijos, le faltaba lo más importante de su vida. Una vez más parecía que el destino le golpeaba de una forma que no se sentía preparado para soportar, pero debía seguir adelante por Alexander y Matilde. Ellos le necesitaban.

Helene no había perdido la esperanza, pero había pasado demasiado tiempo desde la desaparición de su marido y decidió ir a la casa de sus suegros para recuperar a sus hijos. Ya no podía estar más tiempo separada de ellos y la casa en la que vivía con su biblioteca en medio del bosque le parecía un lugar seguro, mucho más que Berlín.

Llamó con insistencia a la puerta, pero nadie abrió. Al final salió una vecina, que la miró con cierto enfado.

—No están, los Von Sholtz se marcharon de Berlín hace unos días. En el fondo haríamos bien marchándonos todos. Esta ciudad ya no es segura para vivir.

Helene se quedó paralizada de miedo y le vino una arcada; comenzó a convulsionar y vomitó.

—Señora, ¿qué hace? —le gritó la vecina.

Helene logró incorporarse y salió corriendo. No supo cómo llegó a casa de Lena, pero al parecer se desmayó en la entrada y permaneció en cama varios días. No tenía ninguna dolencia, estaba enferma de puro dolor.

Se negaba a comer y no quería vivir. Lena hacía lo que podía, pero su amiga se estaba dejando morir.

—Helene, no puedes rendirte. Algún día encontrarás a los niños y puede que a Derek, y esta guerra terminará. Todo esto debe tener un sentido, no estamos aquí solo para penar. Tan seguro como después de la noche siempre regresa el alba. Recuerda «Vivo sin vivir en mí», el poema de santa Teresa.

Y Lena, que ya sabía que a su amiga le encantaba, recitó los versos de la mística española.

¡Ay, qué larga es esta vida!
¡Qué duros estos destierros,
esta cárcel, estos hierros
en que el alma está metida!
Solo esperar la salida
me causa dolor tan fiero,
que muero porque no muero.

¡Ay, qué vida tan amarga
do no se goza el Señor!
Porque si es dulce el amor,
no lo es la esperanza larga:
quíteme Dios esta carga,
más pesada que el acero,
que muero porque no muero.

Esas palabras recitadas en los labios de su amiga parecieron despertar a Helene y sacarla de la profunda desesperación. Comenzó a comer de nuevo y recuperó fuerzas.

Al cuarto día, mientras tomaba un café junto a Lena, entró Gabor a la cocina con una bola de pelo entre los brazos.

—¡Kaiser!

—La pobre estaba hambrienta. Fui a buscarla a la casa. Por cierto, los libros están bien.

Gabor se llevó al niño para cambiarlo y las dejó a solas de nuevo.

—Me preocupa una cosa —comentó Lena a su amiga. Se atrevió a compartir con ella su inquietud porque se encontraba más fuerte.

—¿Qué te pasa?

—Sabes que han destruido parte de la Biblioteca de Prusia en uno de los bombardeos, tengo miedo de que las bombas caigan sobre la Biblioteca Secreta.

—Está en medio de un bosque, ¿no? —comentó Helene mientras acariciaba a la gata, que parecía muy contenta de haberse reunido con su ama.

—Cerca del bosque, a unos pocos kilómetros, hay un aeródromo. Si los ingleses lo bombardean, podrían alcanzar la biblioteca.

Helene parecía abrumada, no quería, que después de tantos sacrificios, lo perdieran todo de repente.

—Podríamos dispersarla —comentó al fin, pero enseguida se dio cuenta de que no era una idea factible.

Lena miró a su amiga como si se le acabara de ocurrir una gran idea.

—Podríamos enterrarlos bajo tierra o esconderlos en un sótano.

—Lo que no destruyan las bombas, lo harán el moho y la humedad. Son los mayores enemigos de los libros junto con el fuego… —Helene estaba acabando la frase cuando se quedó callada. Exclamó—: ¡Una biblioteca viviente!

Lena frunció el ceño.

—No sé a qué te refieres.

—Una biblioteca humana, cientos de personas memorizando cada libro. Si estos caen en manos de los nazis o son arrasados por el fuego, perdurarán en la mente de toda esa gente, que podrían reescribirlos de nuevo.

Lena sonrió, sabía que esa era casi una misión imposible.

—¿De dónde vamos a sacar a tantas personas que quieran memorizar un libro?

Helene miró a su amiga y después le dijo:

—Vamos a buscar a todos los libreros y bibliotecarios que despidieron los nazis, y les pediremos que memoricen un libro cada uno. Será la biblioteca viviente más grande que haya creado el hombre jamás.

Una vez más, los libros le habían demostrado que eran capaces de cambiar el mundo, que la estela de su legado no desaparecería jamás mientras quedara en la tierra un alma libre.

37

Peligro inminente

Berlín, 16 octubre de 1942

La guerra avanzaba lentamente. Las tropas alemanas se habían estancado en Stalingrado y no habían logrado ocupar Moscú. Los nazis ya no parecían ganar la guerra, pero su maquinaria de muerte se encontraba a pleno rendimiento. Hitler había prometido que, si Alemania entraba en la guerra total, exterminaría a los judíos de Europa para siempre. Berlín no era una excepción y, desde principios del año 1942, se había comenzado a deportar a los judíos a los campos de concentración de Auschwitz, Sobibor y Treblinka.

Aunque en la documentación de Helene no figuraba la palabra judío, al considerársela solo medio judía, su madre podía ser deportada en cualquier momento.

Corría el rumor de que se estaba trasladando a todos los judíos de Berlín a la estación de Grunewald. Helene se acercó a la casa de sus padres para intentar convencerlos de que huyeran a su casa en mitad del bosque. Era solo cuestión de tiempo que los nazis fueran a buscarlos, porque tenían registros de todos los hogares que albergaban a judíos.

Klaus y Maria apenas salían de casa, y su hermana Amalia estaba tan pálida que parecía enferma.

—No podemos irnos, tu hermana está estudiando...

—Padre, los nazis se van a llevar a mamá. ¿No lo entiendes? —le dijo desesperada.

—Hija, no quiero separarme de tu padre. Llevamos toda la vida juntos, pero no creo que sea buena idea esconderse. Dicen que nos trasladan a campos en Polonia para trabajar, y que a otros los dejan en los guetos.

—Madre, yo he estado en un campo y la vida es terrible, a vuestra edad no lo resistiréis.

Su madre negaba con la cabeza.

—Quiero que te lleves a tu hermana, ella sí puede salvarse. Nosotros ya hemos vivido suficiente. La guerra todavía va a durar, ya no reconocemos el mundo que se ha formado. Agradecemos tu intención, pero nos quedamos.

Helene se abrazó a ellos sollozando y les suplicó que fueran con ella, pero fue imposible. Amalia hizo su maleta y al despedirse de sus padres estalló a llorar.

—¡No me quiero ir! —dijo entre llantos.

—Tienes que hacerlo —le contestó la madre mientras le secaba las lágrimas como cuando era niña—. Nosotros viviremos en vosotras para siempre. Dios nos guarda en su memoria y un día nos volverá a recrear para que estemos con él eternamente. Esta separación es pasajera. Ya nos esperan tus abuelos, que nos observan desde el cielo, pronto estaremos todos juntos de nuevo.

Helene los abrazó: no hay peor despedida que la que sabes que es la última. Arrastraron la maleta de Amalia y la cargaron en el coche. Había restricciones de gasolina, pero Helene había guardado algunos litros en la casa para no quedarse sin nada.

Mientras se alejaban del que había sido su barrio, Helene sintió que se le desgarraba el corazón. Los edificios y las calles eran las mismas, pero Berlín se había convertido en un cascarón vacío, sin alma. Los nazis ya se la habían arrebatado completamente.

Aquella noche las SS fueron a por los padres de Helene. El sargento le dijo a Klaus que no tenía que acompañarlos, pero él les contestó que no iba a dejar sola a su mujer. Ese viaje era el último de su vida. Salieron de la mano y bajaron las escaleras con calma, como si fueran a dar un paseo, una de aquellas largas caminatas que habían dado de jóvenes para que naciera Helene, que no quería salir del vientre, para llevar a sus hijas a música o al colegio, para disfrutar del placer de las terrazas en verano y del olor de las flores primaverales que volvían a vencer a la muerte. Los subieron a un camión cubierto con una lona verde, en compañía de un grupo de desconocidos, y después todo se hizo silencio.

Lena se encargaba de contactar con los candidatos. Debía tener mucho cuidado de discernir primero si no se habían unido a los nazis, pero la mayoría de ellos eran disidentes políticos o personas religiosas que no soportaban la maldad de aquel régimen despiadado. Después les pasaba un libro para que lo memorizasen; antes de devolverlo, debían recitarlo delante de ella y Helene. Los libros más largos eran divididos en dos o tres partes.

Un joven comenzaba a recitar las primeras líneas de *Historia de dos ciudades*, de Charles Dickens:

—«Eran los mejores tiempos, eran los peores tiempos; era el siglo de la locura y el siglo de la razón; era la edad de la fe y de la incredulidad; era la época de la luz, era la época de las tinieblas; era la primavera de la esperanza y el invierno de la desesperación...».

A su lado, una mujer mayor narraba uno de los textos más emotivos de *Guerra y paz*, de Lev Tolstói, cuando el príncipe Andréi está gravemente herido:

—«Todo parecía inútil e insignificante en comparación con ese severo y majestuoso pensamiento que le provocaba el debilitamiento a causa de la pérdida de sangre, el sufrimiento experimentado y la cercanía de la muerte. Pensaba en la insignificancia de la grandeza y la insignificancia de la vida, de la que nadie podía comprender el sentido y aún más sobre la insignificancia de la muerte, el sentido de la cual nadie de los vivos podía entender ni explicar».

Durante semanas, los lectores memorizaron cientos de textos y tejieron una biblioteca humana hecha de nervios, músculos y huesos. En el cerebro de esos valientes se almacenaba uno de los tesoros más importantes de la humanidad, mientras que el resto de los seres humanos se abalanzaban hacia la destrucción total.

38

Kummer y la pista

Berlín, 29 marzo de 1944

Los bombardeos eran constantes, pero la biblioteca humana de Helene había logrado crecer y sobrevivir hasta finales del invierno de 1944. Los berlineses habían probado la hiel de la guerra hasta el fondo. Enormes áreas de la ciudad engrandecida por los monarcas prusianos habían resultado devastadas por el fuego y las bombas. La gente vivía en los refugios antiaéreos y la comida escaseaba. Los rusos avanzaban por el este y los norteamericanos, desde Italia.

Goebbels había lanzado un mes antes su última proclama de «guerra total», pero ni él mismo se creía ya su propaganda. A Helene le entristecía que su país perdiera la guerra, pero aquella era la única forma de salvarlo.

Lena y Gabor se habían trasladado con Helene y Amalia a vivir a la casa en el bosque. Las calles de la ciudad ya no eran seguras, y pese a que el régimen nazi parecía a punto de colapsar, casi nadie se atrevía a enfrentarse a él.

Amalia lo había pasado mal durante los primeros meses en Grunewald. Helene había intentado animarla aunque ella misma se ahogara en su propio dolor. No sabían nada de sus padres, pero los rumores que corrían sobre que en los campos se estaba exterminando a todos los judíos no dejaban lugar a dudas.

El invierno había sido durísimo y la primavera se resistía a llegar. Era un consuelo que la nieve ya se hubiera derretido en su mayoría y que aún les quedara leña almacenada. Vivían algo mejor que la mayoría de los berlineses; las gallinas les proveían de algunos huevos y tenían carne de sobra con los conejos que criaban, pero apenas podía encontrarse comida, ni siquiera pagando los precios desorbitados del mercado negro.

En el otro lado de Berlín, Rudolf Kummer se lamía las heridas. Además de haber tenido que liberar a Derek unos años antes, también había muerto Klaus, el compañero de Helene en la biblioteca pública. El nazi había logrado requisar una parte de la biblioteca que esa astuta judía escondía, pero se sentía derrotado. No podía soportar que la bibliotecaria se saliera con la suya.

Kummer ya no creía en la victoria, pero pensaba, como muchos nazis, que una Alemania sin Hitler no merecía sobrevivir. Si el destino los abocaba a la destrucción total, siempre era mejor que vivir sojuzgados por los soviéticos o los estadounidenses, dos de los países más decadentes del mundo.

Una de las pocas cosas que había confesado Klaus bajo tortura era que el edificio de la biblioteca siempre había estado delante de sus narices, y eso reconcomía al capitán Kummer, que vivía una existencia miserable: dormía en los sótanos del edificio de la Gestapo y a veces se dirigía a la cancillería o a alguna reunión, pero no se sentía muy seguro en las calles de Berlín. Había traidores por todas partes.

Ese día, mientras fumaba un cigarrillo y bebía a morro de una botella de Schnapps que le traía recuerdos de su tierra natal, daba vueltas y más vueltas a su obsesión: «Al final voy a morir en esta maldita ciudad —se decía mirando el plano de Berlín que colgaba de la pared blanca— sin descubrir dónde ha escondido esa judía su biblioteca. Y es un lugar delante de mis narices...».

Se puso en pie y miró el trazado de las calles de Berlín, como había hecho cientos de veces durante esos casi dos años. Después se centró en la zona cercana a la Cancillería y, más tarde, en la del edificio en el que se encontraba.

«¿Qué edificio es este?», se preguntó. Después dio

un último trago y decidió salir de aquel lugar húmedo y con olor a moho, como un diablo que tiene que abandonar momentáneamente el infierno.

Cruzó la calle y se acercó al edificio. Lo escrutó por fuera, empujó la verja y entró. La entrada principal estaba cerrada con llave, pero sacó su arma y disparó a la cerradura. La calle estaba desierta y nadie pareció escuchar el disparo. Empujó la puerta y entró. Enseguida encontró restos de cajas, hojas arrancadas de algún libro y estanterías por todas partes.

—¡Eureka! ¡La tuve siempre enfrente de mis ojos! Esa zorra siempre fue muy astuta.

El hombre registró la casa a fondo en busca de alguna pista. Parecía que la habían dejado limpia. Bajó al sótano y, junto a un par de cajas olvidadas, descubrió algunos papeles. Los estuvo leyendo a la luz de una linterna, hasta que en uno vio un mapa. Parecía que llevaba al oeste de Berlín, justo en medio del bosque de Grunewald.

—¡Te tengo! —exclamó emocionado y salió del edificio a grandes zancadas.

La Gestapo estaba entonces demasiado ocupada intentando atrapar a los últimos judíos de Berlín y dando caza a todos los traidores y desertores, pero él se bastaba para atrapar a Helene Nathan.

39

Lucha y fuego

Berlín, 30 marzo de 1942

Lena y Gabor habían aprovechado el buen día y que no había aviones en el horizonte para pasear con su hijo. Al final se les había unido Amalia, que no podía resistirse a salir a tomar el sol cada vez que asomaba entre las nubes.

Helene estaba ordenando unos libros cuando escuchó la puerta.

—¿Ya estáis de vuelta? Pensé que no llegaríais antes de las doce, aún no he hecho la comida.

No escuchó ninguna respuesta. Se acercó a la puerta principal, pero estaba cerrada. Se rascó la cabeza, confusa; en el bosque siempre había sonidos extraños. Regresó a los estantes. Los libros parecían agotados por el largo invierno, pero ella sabía que pronto llegaría la primavera.

Notó una presencia extraña a su espalda. Después escuchó el sonido de unas botas y se giró de inmediato.

—Helene Nathan, le aseguro que me ha costado mucho encontrarla. Así que esta es su biblioteca secreta... No parece gran cosa, me imaginaba algo mucho más espectacular —dijo Rudolf Kummer mientras miraba a su alrededor.

—Siento decepcionarlo, solo son libros. Papel, pasta, lomos de cartón y una tela para darles más dignidad, pero su valor es intrínseco, se encuentra impreso en su alma —dijo Helene intentando espantar su miedo.

—Usted siempre tan poética. Yo también he leído mucho, y antes era como usted, un soñador, pero el estruendo del mundo me despertó hace tiempo. Ya lo dijo Cervantes en su *Quijote*, ¿lo recuerda?

—Por supuesto, Kummer: «Causó risa al licenciado la simplicidad del ama, y mandó al barbero que le fuese dando de aquellos libros uno a uno, para ver de qué trataban, pues podía ser hallar algunos que no mereciesen castigo de fuego» —recitó Helene, rescatando de la memoria el breve párrafo sobre la quema de la biblioteca de Alonso Quijano.

—Se equivoca, no hay que perdonar a ninguno, Helene. Me temo que, como al caballero de La Mancha, a usted las muchas letras la han vuelto loca. Por estos libros ha sacrificado a sus hijos, a su esposo y casi su vida. ¿De veras merece la pena? —le preguntó el hombre con los brazos en jarras.

—Hay gente que está dispuesta a matar por sus ideas, como usted; yo estoy dispuesta a morir por las mías.

—Por eso usted fracasará y yo venceré —replicó el nazi.

—¿Está seguro? Parece que el curso de la guerra no le da la razón. Su Führer está perdiendo. El Tercer Reich de los mil años no va a durar ni veinte... ¡Qué digo!, no llegará al año que viene. Han fracasado a pesar de su barbarie, y ahora son como los ahogados que se sacuden antes de morir e intentan arrastrar al resto del mundo al fondo del océano.

El capitán sacó su arma y la apuntó.

—Es usted una rebelde, pero no se da cuenta de que la rebeldía en el fondo es una aspiración vana. Puede que acaben con nosotros, pero nuestras ideas ya están impresas en el corazón de los hombres. Ya lo hemos conseguido una vez y lo volveremos a hacer. Los seres humanos solo quieren seguridad y felicidad, no se engañe. No les importan ni la libertad ni esos libros que tanto ama usted.

—Puede que tenga razón, pero cada vez que hombres como usted se levanten, se encontrarán enfrente con seres humanos como yo, que solo conocemos la dulce melodía de la libertad y no sabemos vivir con cadenas.

El hombre lanzó una carcajada y levantó aún más el arma.

—Bueno, es hora de cerrar la escena.

Kummer comenzó a echar gasolina por el suelo mientras no dejaba de apuntarla.

—Los libros no morirán, aunque los queme...

—Sí que lo harán, se lo aseguro —dijo el hombre sacando un mechero. A su alrededor la gasolina lo salpicaba todo, incluidas sus bruñidas botas, pero no parecía importarle.

En ese momento se escuchó un silbido y una navaja surcó el aire hasta clavarse en la espalda del capitán Rudolf Kummer, que se giró sorprendido mientras dejaba caer el mechero. La madera comenzó a arder y, al tiempo que el nazi luchaba por arrancarse el cuchillo de la espalda, el fuego se le fue acercando hasta que prendieron sus botas y ardieron sus pantalones.

Gabor lo miró paralizado, pero al final tomó una manta e intentó apagar el fuego que ya envolvía al nazi, que se retorcía de dolor. Cuando lo consiguió, Rudolf Kummer había dejado de existir o se encontraba en el infierno. Se había acostumbrado tanto a vivir entre demonios que, cuando estos le salieran a recibir, no notaría tanto la diferencia. Era a él a quien le tocaba penar por toda la eternidad con la certeza de no haber vencido a Helene Nathan: no había logrado destruir su biblioteca de libros prohibidos.

40

La batalla de Berlín

Berlín, 2 de mayo de 1945

Helene contempló las ruinas de la ciudad que tanto había amado, aquel era su lugar en el mundo. El humo aún flotaba sobre los escombros, los rusos tomaban sus últimas posiciones y los berlineses salían de sus escondrijos. Las fachadas que no habían mordido el polvo eran como casas de muñecas abandonadas; los muros antes orgullosos parecían tan débiles como las famélicas caras de sus habitantes, pero flotaba un halo de alegría en medio de aquella derrota, la esperanza de que algo nuevo podía nacer. El aire comenzaba a aclararse, aunque aún olía a pólvora, madera quemada y cuerpos en descomposición. Berlín yacía moribunda, pero Helene, en su deambular por las calles, advirtió que ese silencio de muerte era roto poco a poco por el sonido de las palas, los picos y los cubos metálicos que retiraban los escombros de las calles para despejarlas, y la mujer no pudo menos que emocionarse. Quería creer que la mayoría de la gente no había deseado que todo aquello pasara, que el ruido lo invadiera todo y no permitiera que se escuchara el latido de los corazones.

Helene llegó a la Puerta de Brandemburgo y vio que milagrosamente allí seguía en pie el símbolo de la ciudad. A un lado, se divisaba la fachada intacta de su antigua casa, ese apartamento con vistas a la plaza. Entró por el portal destrozado y sin cristales y ascendió por las escaleras. Cuando llegó a su piso vio que la puerta estaba abierta. Sus muebles seguían allí, llenos de polvo, y el frío penetraba por las ventanas rotas, pero ese era su hogar. Se sentó cerca de la ventana. Kaiser había muerto, pero Helene acarició el mullido cabello de su gata invisible mientras miraba al infinito. Esperaría allí a Derek, él sabía dónde encontrarla. Sus hijos ya no la reconocerían, pero se ganaría de nuevo su amor. Tomó un libro tirado en el suelo, lo sacudió y comenzó a leerlo mientras Berlín intentaba levantarse de sus cenizas y convertirse de nuevo en la ciudad más libre del mundo.

Epílogo

La soledad nunca fue tan sonora como en aquella casa al lado de la Puerta de Brandemburgo. Derek y sus hijos no llamaron jamás a esa puerta, aunque ella los esperó toda la vida. Se los dio por desaparecidos como a miles de alemanes en esa maldita guerra. La bibliotecaria retomó su trabajo. Lena y ella tuvieron que reconstruir la biblioteca casi desde los escombros, pero tenían lo más importante: todos los libros rescatados de la quema unos años antes.

El hijo de Lena crecía, y ella se conformó con ver que buena parte de la biblioteca viviente —los voluntarios que habían permanecido en el lado oeste del Muro— se reunía al principio cada cinco años para recitar los libros que habían aprendido de memoria, pero tras la construcción del Muro dejaron de hacerlo. Aquella biblioteca efímera era un pequeño paraíso en la tierra. Mientras los libros de carne y hueso envejecían y desaparecían, los viejos tomos de las bibliotecas de Berlín esperaban impacientes a que alguien los abriera de nuevo: eran casi inmortales.

Helene fue envejeciendo y sus ojos cansados de tanto ver el mundo se fueron apagando. Berlín continuaba dividida en dos por un Muro que les recordaba su vergüenza.

La última noche, cuando ya no podía más, dejó su libro a un lado y miró por la ventana al cielo estrellado. Creyó ver entre las pequeñas luces del firmamento los ojos de sus hijos, la sonrisa de su esposo que llevaba tanto tiempo esperando, a sus padres abrazados detrás de sus abuelos, y extendió los brazos para acudir a su llamada. Mientras su espíritu era por fin libre, su cuerpo descansó en esa cama que llevaba tantos años desierta, junto a un libro abierto que parecía despedirla mientras ascendía hacia la felicidad absoluta, allá donde los hombres descansan de todas sus obras.

Aclaraciones históricas

El personaje de Helene Nathan está inspirado en la primera mujer alemana que dirigió una biblioteca grande en Berlín. En el mismo emplazamiento de la biblioteca que ella dirigió, se construyó otra dedicada a su memoria. Helene se suicidó en 1940 al no soportar más el acoso de los nazis. En 1989, se cambió el nombre al edificio para darle el de su directora entre 1921 y 1933: Helene-Nathan-Bibliothek.

Derek von Sholtz es un personaje inventado, pero no así los generales a los que sirvió y que fueron un instrumento imprescindible para consolidar a los nazis en el poder.

Lena y Klaus, los compañeros de Helene, son producto de la ficción.

Rudolf Kummer existió realmente. Fue un bibliotecario nazi que confeccionó la lista de los autores prohibidos y de los libros que debían quemarse el 10 de mayo de 1933.

Los hechos que se relatan sobre la quema de libros son reales y basados en testimonios presenciales.

El encuentro en Austria de Helene y Stefan Zweig es inventado, pero este escritor fue uno de los que más se resistió a los nazis e intentó advertir a la sociedad de su tiempo.

Hugo Andres Krüss, jefe de bibliotecarios, es un personaje real, al igual que otros bibliotecarios mencionados en la novela.

El primer campo de concentración de mujeres fue el de Moringen, aunque el gran público desconoce su existencia. La mayoría de las guardianas que se mencionan y otras autoridades del campo son reales.

Los datos sobre la sede de la Gestapo en Berlín, el edificio de Prinz-Albrecht-Strasse, son también veraces, así como las descripciones del Berlín de los años treinta y cuarenta del siglo pasado.

Aunque no existió la Biblioteca Secreta de Berlín, el 10 de mayo de 1934 se inauguró la Biblioteca Alemana de la Libertad, fundada por Alfred Kantorowicz, para recopilar ejemplares de los libros que habían sido prohibidos o quemados. Sin embargo, fue finalmente destruida por los nazis.

El 15 de noviembre de 1934 se creó una biblioteca

similar en París y más tarde en otras ciudades como Nueva York.

No existió una biblioteca de libros vivientes, aunque pudo haberse intentado por algunos por la desesperación ante la destrucción de libros.

Las quemas de libros se produjeron también en regímenes tan dispares como la Unión Soviética, la China comunista de Mao y la España franquista.

Sirva este libro para denunciar la persecución a los libros a lo largo de la historia, así como a las ideas y el libre pensamiento. Para que la historia no se repita jamás.

Cronología

1933

30 de enero. El presidente Paul von Hindenburg nombra canciller a Adolf Hitler, líder del Partido Nacionalsocialista Alemán de los Trabajadores.

27-28 de febrero. El Reichstag, sede del Parlamento alemán, arde en circunstancias misteriosas. El gobierno nazi califica el hecho de acto de terrorismo.

28 de febrero. Adolf Hitler convence al presidente Hindenburg para que, mediante un decreto, otorgue poderes de emergencia al Gobierno de la coalición nazi y el Partido Nacional del Pueblo Alemán. El decreto suspende las provisiones relativas a los derechos civiles recogidas en la Constitución de Weimar.

22 de marzo. Las SS, la guardia personal de Adolf Hitler, construyen un campo de concentración a las afueras de la ciudad de Dachau para encarcelar a los opositores políticos. Permanece en funcionamiento hasta 1945.

23 de marzo. El Parlamento aprueba la Ley Habilitante, que permite a Hitler imponer una dictadura en el país.

1 de abril. El partido nazi organiza un boicot contra los negocios cuyos propietarios eran judíos.

10 de mayo. El partido nazi dispone la quema pública de libros escritos por judíos, miembros de la oposición política e intelectuales disidentes.

1934

30 de junio-1 de julio. En la noche de los cuchillos largos, se asesina a la cúpula de las SA.

2 de agosto. Muere el presidente Paul von Hindenburg.

7 de octubre. Las congregaciones de los Testigos de Jehová de toda Alemania declaran su neutralidad política, pero esto no evitará que sean perseguidos por el régimen nazi.

1935

1 de abril. El gobierno nazi prohíbe las organizaciones de los Testigos de Jehová.

15 de septiembre. El gobierno nazi aprueba la Ley de Ciudadanía del Reich y la Ley para la Protección de la Sangre y el Honor de los Alemanes. Las «leyes raciales» de Núremberg convirtieron a los ciudadanos judíos en verdaderos parias en su tierra.

1936

1 de agosto. Se inauguran los Juegos Olímpicos de Berlín con la participación de atletas y espectadores de todo el mundo. Los Juegos Olímpicos se convirtieron en un éxito para la propaganda del régimen nazi.

1938

12–13 de marzo. Las tropas alemanas invaden Austria.

30 de septiembre. Gran Bretaña, Francia, Italia y Alemania firman el Pacto de Múnich, mediante el cual se forzaba a Checoslovaquia a ceder buena parte de su territorio a Alemania.

9–10 de noviembre. En la llamada noche de los cristales rotos, los nazis queman sinagogas, destruyen negocios judíos y matan al menos a noventa y una personas.

1939

1 de septiembre. Las tropas alemanas invaden Polonia. Da comienzo la Segunda Guerra Mundial.

1940

20 de mayo. Las SS construyen el campo de concentración de Auschwitz (Auschwitz I) a las afueras de la ciudad de Oswiecim, en Polonia.

1941

31 de julio. Hermann Göring nombra a Reinhard Heydrich, director de la Policía de Seguridad y del SD (Servicio de Seguridad), jefe de grupo de las SS encargado de adoptar las medidas destinadas a llevar a cabo la «solución final» a la cuestión judía.

1 de septiembre. El gobierno nazi decreta que los judíos mayores de seis años y residentes en Alemania tienen que llevar visible en todo momento una estrella de David de color amarillo.

3 de septiembre. Las SS inician sus experimentos de exterminio por gas, utilizando por vez primera el Zyklon B en el campo de concentración de Auschwitz. Las víctimas eran prisioneros rusos.

Octubre. Las SS inician la construcción de un segundo campo en Auschwitz, al que denominarán Auschwitz-Birkenau o Auschwitz II.

1942

20 de enero. Se celebra la Conferencia de Wannsee, en la que oficiales nazis de alto nivel se reúnen en una villa a las afueras de Berlín para coordinar la aplicación de la «solución final».

4 de mayo. Las SS llevan a cabo la primera selección de víctimas para el gaseamiento en Auschwitz-Birkenau.

31 de mayo. Las autoridades alemanas abren el campo de trabajos forzados de I. G. Farben en Auschwitz III.

1944

15 de mayo-9 de julio. La gendarmería húngara, bajo la supervisión de los oficiales de las SS, deporta a casi cuatrocientos treinta mil judíos de Hungría a Auschwitz.

6 de junio. El Día D da comienzo a la reconquista de Europa por parte de los Aliados.

7 de octubre. En Auschwitz-Birkenau, los miembros

del Sonderkommando, que integraba a los prisioneros encargados de las cámaras de gas y crematorios, se rebelan, hacen explotar el crematorio IV y matan a los guardias. Alrededor de doscientos cincuenta prisioneros participantes en la rebelión mueren en la batalla contra los guardias de las SS.

25 de noviembre. Las SS comienzan a destruir las cámaras de gas y los crematorios en Auschwitz-Birkenau.

1945

17 de enero. Al ver la proximidad de las tropas soviéticas, las SS evacúan a los prisioneros de Auschwitz, haciéndolos marchar a pie hacia el interior del Reich alemán. Se las conoció como las «marchas de la muerte».

27 de enero. Las tropas soviéticas liberan a unos ocho mil prisioneros que aún quedaban en Auschwitz.

30 de abril. Hitler se suicida en su búnker de Berlín y delega el poder en un militar.

7–9 de mayo. Las fuerzas armadas alemanas se rinden incondicionalmente en el oeste el 7 de mayo y en el este el 9 de mayo.

2 de septiembre. Japón se rinde. La Segunda Guerra Mundial ha terminado.

Agradecimientos

Las historias sobre la Segunda Guerra Mundial siempre son difíciles de escribir, mucho más la de la quema de algo tan preciado para mí como son los libros.

Quería agradecer a Ana María Caballero por apasionarse con esta historia. Todavía recuerdo nuestra reunión precipitada en el invernadero de la estación de Atocha, en Madrid, antes de que saliera tu tren. Este es nuestro segundo libro juntos y espero que le sigan muchos más.

Carmen Romero creyó en mis libros antes de convertirse en la directora de Ediciones B y Grijabo. Fue mi primera editora en el grupo y sigue apostando por mis historias. ¡Muchas gracias, Carmen!

A mi agente, Alicia, la mujer más tenaz del mundo, capaz de soportar el aluvión de historias que siempre tengo para contarle.

A todo el equipo de Ediciones B, que convierten un manuscrito en un libro de verdad y hacen que se enamoren de él los lectores.

A todos los bibliotecarios del mundo, un trabajo mal pagado y menos valorado que ha cambiado millones de vidas y seguirá haciéndolo por la eternidad.

Gracias a todos mis lectores, su paciencia y amor me conmueven.

Índice

SEGUNDA PARTE
La biblioteca de Moringen (1936-1939)

TERCERA PARTE
La biblioteca viviente (1940-1945)